本草芳馥

——古诗词中的药之风雅

张 觅 著

华龄出版社
HUALING PRESS

图书在版编目（CIP）数据

本草芳馥：古诗词中的药之风雅 / 张觅著. -- 北京：华龄出版社，2024.1
ISBN 978-7-5169-2660-4

Ⅰ. ①本… Ⅱ. ①张… Ⅲ. ①古典诗歌 - 诗歌欣赏 - 中国 Ⅳ. ①I207.22

中国国家版本馆 CIP 数据核字(2023)第 253600 号

策划编辑 张立云　　责任印制 李未圻
责任编辑 梅 剑　　装帧设计 云上雅集

书　名	本草芳馥：古诗词中的药之风雅	作　者	张　觅
出　版 发　行	华龄出版社 HUALING PRESS		
社　址	北京市东城区安定门外大街甲 57 号	邮　编	100011
发　行	（010）58122255	传　真	（010）84049572
承　印	长沙市精宏印务有限公司		
版　次	2024 年 1 月第 1 版	印　次	2024 年 1 月第 1 次印刷
规　格	710mm x 1000mm	开　本	1/16
印　张	14.5	字　数	220 千字
书　号	ISBN 978-7-5169-2660-4		
定　价	78.00 元		

序

XU

古诗词之中，常有关于本草的吟唱之声，而本草之上，则浸润了袅袅之诗意。笔者出生于湘北的一个中医世家，中药铺的沉香萦绕年少记忆；长大后又在湖南中医药大学工作十年，时常徜徉于药植园内的清芬本草之中，深感本草之隽永诗意。

早在先秦时代，《诗经》里的《木瓜》《芣苢》《卷耳》等篇章就有涉及本草的内容。《楚辞》里的众多馥郁香草，如白芷、江离、露申等，既可以入诗入画，也可以入药。至于汉赋、唐诗、宋词、元曲、明清小说等古诗词和文赋之中，关于本草的内容更是浩若烟海，俯拾即是。

历代诗人词人，如杜甫、白居易、苏轼、苏辙、陆游等，都挥洒下了不少关于本草的诗篇。古代儒医相通，文人墨客有“不为良相、便为良医”之心，因此他们颇知医理、懂得药性，并在诗词之中加以表现，既给人以审美的愉悦，也赋人以本草的知识。如杜甫就曾顶风冒雪上山采摘黄精，写下“黄精无苗山雪盛，短衣数挽不掩胫”之句；白居易患眼疾时，曾用决明子治疗，写下“案上漫铺龙树论，合中虚贮决明子”之句；苏轼喜食荔枝，被贬岭南也不以为意：“日啖荔枝三百颗，不辞长作岭南人。”苏轼的弟弟苏辙因食栗子治好了腰腿病，欢喜写下“客来为说晨兴晚，三咽徐收白玉浆”之句；陆游深知山药的补益功能，夜晚挑灯读书之时，便食山药，并作下“秋夜渐长饥作祟，一杯山药进琼糜”之句。

除了在诗词之中氤氲暗香，本草还各有其传说故事，或在民间流传，或成历史趣闻，或被传奇典籍记载。有的本草还具有了独特的文化内涵，成了古诗词中常用的意象与典故，如兰花为花中君子，菊花是花中隐士，萱草象征着母亲与母爱，芍药系古代的爱情之花，紫荆则表达着手足情深……

需要说明的是，本草其实并不是仅指药植，而是中药的统称，包括动物、矿物及部分化学或生物制品等。因中药里草药最多，所以古人关于中药的著作大多以本草命名，如《神农本草经》《本草纲目》等；但在本书之中，所涉及的本草均为药植，这是笔者个人偏好草木芬芳所致。

本书共记载了近百篇本草的诗词与故事，力求将诗词之美与本草文化相结合，讲述药植的故事，并简要介绍其性味、药效及食疗价值，带读者走进一个别致芬芳又饶有趣味的本草文学世界。

目录

夏

秋

冬

春

山园小梅

（宋）林逋

众芳摇落独暄妍，占尽风情向小园。
疏影横斜水清浅，暗香浮动月黄昏。
霜禽欲下先偷眼，粉蝶如知合断魂。
幸有微吟可相狎，不须檀板共金樽。

梅花：疏影横斜水清浅

梅花早春凌寒而开，素有“万花敢向雪中去，一树独先天下春”之誉。《荆楚岁时记》所记录的二十四番花信风中，“始梅花，终楝花”，即梅花最先，楝花最后。梅花花朵秀雅，枝干曲折，最堪入诗入画，因此自古歌咏者众。

宋代张镃撰有《梅品》，道：“梅花为天下神奇，而诗人尤所酷好。”他曾在南湖之滨购得一所园圃，园中原有古梅数十株，他又移植来大量红梅，共计三百余株梅花。花开时他便居于园中，夜晚月下赏梅，见清辉映秀影，因此取园名为“玉照”。他又在梅林中开凿曲涧，乘一叶小舟在梅林中徜徉，清隽舒心，风雅无限。

在清代女词人顾太清的笔下，梅花则是清香入梦。在她年老之后，在梦里见到少女时代曾经见过的苏州香雪海。“香雪海”指苏州西南光福县邓尉山的梅林，花开之时，梅林上如同覆盖了一层馥郁新雪，因此得名。醒来之后，她作下一首轻柔温婉的《江城子·记梦》，描述梦中“明月下，见梅花。梅花万树影交加”的旖旎之景。年老的太清梦见自己仿佛还是青春少女之时，在一个烟水蒙蒙的月夜，乘着一叶扁舟，顺着溪流而下，转过小桥，见到了明月下的万树梅花。她正准备遍游香雪海，却不料被啼鸦惊醒，不由得拥被沉吟，细细回忆自己的少女时代。

梅花不仅可以入诗入画，还可以入食入馔。梅香幽幽，沁人心脾，仿佛可品可嚼。《红楼梦》中有“沁梅香可嚼”之句，而梅花也的确可以做成极风雅的花馔。

比如说，暗香汤。暗香汤，听着名字便觉得清芬拂面，暗香袅袅，而它的确取自北宋诗人林逋的咏梅佳句“疏影横斜水清浅，暗香浮动月黄昏”。后来南宋词人姜夔（kuí）还以“暗香”“疏影”为题各作一词，词风也冷艳清幽如梅，从此“暗香”也成了梅花的代名词。

早在南宋林洪所著的《山家清供》里，就记载有汤绽梅，其实也是暗香汤：“十月后，用竹刀取欲开梅蕊，上下蘸以蜡，投蜜缶中。夏月，以热汤就盏泡之，花即绽，澄香可爱也。”南宋陈深的一首《南湖史君制暗香汤奇甚赋二绝求之》（其一）还细致描写了暗香汤的滋味：“飞和梅花重惜芳，仙房想像制新汤。独疑清浅溪头汲，石鼎煎来水亦香。”

明代高濂《遵生八笺》记录的暗香汤就更为详细了。当梅花快要开时，于清晨摘取半绽的花苞，连花蒂置瓷瓶内，每取一两梅花便用炒盐一两洒之，再用几叠厚纸密密封住，放置在干燥通风的地方。第二年春夏之时，再取来瓷瓶，取开封口，便有幽微的香气自瓶口袅袅而出，于是，这暗香汤的“暗香”原料便做好了。在食用暗香汤之前，先取放少许蜜糖放在碗内，然后再从瓷瓶放出两三朵花放入，再倒上滚水一泡，那紧闭着的梅花花瓣便在滚水中嫣然绽放，栩栩如生，仿佛还在早春枝头一般，一缕梅花香气沁人心脾。暗香汤里有蜂蜜之甜、梅花之清，视觉和口感都无与伦比。

梅花还可以煮粥，《山家清供》中记载梅粥的做法：“扫落梅英，捡净洗之，用雪水同上白米煮粥。候熟，入英同煮。”可真是沁梅香可嚼了。林洪又引用南宋诗人杨万里的诗《落梅有叹》：“才看腊后得春饶，愁见风前作雪飘。脱蕊收将熬粥吃，落英仍好当香烧。”

杨万里还喜欢用鲜梅花蘸蜜食用，他曾作《蜜渍梅花》诗：“瓮澄雪水酿春寒，蜜点梅花带露餐。句里略无烟火气，更教谁上少陵坛。”又作《庆长叔招饮一杯未釂雪声璀然即席走笔赋十诗》（其一）：“南烹北果聚君家，象箸冰盘物物佳。只有蔗霜分不得，老夫自要嚼梅花。”杨万里给自己的诗句作批注时，还写了梅花的滋味：“余取糖霜，芼以梅花食之，其香味如蜜渍青梅，小苦而甘。”梅香满口，清气满心。

梅花还是一味良药，气芬芳，味酸涩，性寒，有“除烦安神、止渴生津、疏肝解郁、理气和胃”之功用。明代徐春甫的《古今医统大全》标明暗香汤的功能主治为调脾胃。清代赵学敏的《本草纲目拾遗》则记载：“梅花冬蕊春开，其花不畏霜雪，花后发叶，得先天气最足，故能解先天胎毒，有红、白、绿萼，千叶、单叶之分，惟单叶绿萼入药尤良。”又道：“煮粥食，助清阳之气上升；蒸露点茶，止渴生津，解暑涤烦。”暗香汤与梅花粥均有疏肝理气、健脾开胃的功效，可用于肝胃气痛、神经官能症等。

木笔花

（明）张新

梦中曾见笔生花，锦字还将气象夸。
谁信花中原有笔？毫端方欲吐春霞。

辛夷：毫端方欲吐春霞

辛夷为木兰科木兰属落叶灌木，又叫紫玉兰。因花初胎时尖如笔椎，所以又叫木笔花，于是人们就常常把它和“梦笔生花”的传说联系在一起。

辛夷和玉兰同科同属，花型也非常相像，但辛夷开花要稍晚于玉兰，明代王世懋的《学圃杂疏》说：“玉兰早于辛夷，故宋人名以迎春。”清代吴其濬的《植物名实图考》称：“辛夷即木笔花，玉兰即迎春。余观木笔、迎春，自是两种：木笔色紫，迎春色白；木笔丛生，二月方开，迎春树高，立春已开。”细致地说明了二者的区别。

明代文学家陈继儒写了一首《辛夷》：“春雨湿窗纱，辛夷弄影斜。曾窥江梦彩，笔笔忽生花。”这首诗虽然歌咏的是辛夷花，但用的是江淹“梦笔生花”的传说之典。

南朝梁·钟嵘的《诗品》载：“初，淹罢宣城郡，遂宿冶亭，梦一美丈夫，自称郭璞，谓淹曰：‘我有笔在卿处多年矣，可以见还。’淹探怀中，得五色笔以授之。尔后为诗，不复成语，故世传江淹才尽。”

南北朝时期的一个夏日中午，江淹睡起了午觉。恍惚中，他见到了一位气宇不凡的英俊男子。男子说自己名字叫作郭璞，和他是有缘之人，有一支笔先送给他用吧。说着，从怀中取出一支五彩缤纷、光华灿烂的笔，递了给他。江淹在恍惚中接过笔，放入怀中。随即，江淹就从梦中惊醒了。他忙探手入怀，可怀中哪有五色笔？但是，从这天开始，江淹身上开始发生了奇妙的变化。每当他拿起笔时，就会感到文思泉涌。于是，年轻的江淹很快成了一名才华横溢的文学家，诗文大获赞誉，名满天下。

又过了一些年，有一天中午，他在冶亭睡着了，这时他已经人到中年，已经没有年少时的锐气了，睡得越发不安稳。年轻时睡梦中遇见的自称郭璞的男子，他伸手索要之前送给他的笔。江淹恍惚中探手入怀，果然是光华灿烂的一支五色笔。江淹把五色笔递给了郭璞，笔被取走，从此江郎才尽矣。

不过，“梦笔生花”的主人公除了江淹，还有李白。五代·王仁裕的《开元天宝遗事·梦笔头生花》载：“李太白少时，梦所用之笔头上生花。后天才赡逸，名闻天下。”

诗人词人，自然喜爱这形如笔头、颇有书卷气的木笔花。唐代卢肇写有《木笔花》，赞木笔轻隽，可助诗人妙笔：“软如新竹管初齐，粉腻红轻样可携。谁与诗人偎槛看，好于笺墨并分题。”唐代王维作有《辛夷坞》：“木末芙蓉花，山中发红萼。涧户寂无人，纷纷开且落。”辛夷坞的意思就是生满辛夷花的小山坞。后来王维好友裴迪还和了一首《辛夷坞》：“绿堤春草合，王孙自留玩。况有辛夷花，色与芙蓉乱。”

明代徐渭作有《木笔花》，赞辛夷娇艳如莲，仿佛蘸着雨墨在青天写字：“束如笔颖放如莲，画笔临时两斗妍。料得将开园内日，霞笺雨墨写青天。”明代张新也写有《木笔花》，则又是用“梦笔生花”之典故，诗曰：“梦中曾见笔生花，锦字还将气象夸。谁信花中原有笔？毫端方欲吐春霞。”

辛夷以花蕾入药，其味辛，性温，入药功效颇多，能疏散风寒，通利鼻窍。李时珍曾记录过：“夷者荑也，其苞初生如荑而味辛也。”也就是说，辛夷中的辛指其味，夷是花蕾初生时如兰草的嫩芽——荑。《本草求真》中说：“辛夷花辛温气浮，功专入肺，解散风热。治风热移脑，鼻多浊涕，风寒客于脑之鼻塞头痛及目眩齿痛，九窍不利等。”《本草详节》则谓其能治一切鼻病。

关于辛夷的名字来历，有这么一个故事。传说古代有一位姓秦的举人，经常鼻流脓涕。他本是爱惜形象的斯文之人，便觉颇不雅观。于是，他便到外地去多方求医，终于，在南方夷人居住的地方，他遇见了一位仙风道骨的老翁。他向老翁诉说了自己的症状，老翁听毕，便从自己的房前一株花满枝丫的小树上随手采摘了十几朵紫色花蕾，让他每天坚持服用。就这么吃了半个月，秦举人的鼻病竟然真的好了，与正常人无异。于是，惊喜不已的他便从老翁那里要了一包药种，回家种下。待植物长成，春日里开出一朵一朵的紫色花儿时，他便采下花蕾给人治疗鼻病，颇有奇效。人们问他这药的名字，他想，这药是辛未年从夷人那里引种来的，便给这花儿取名辛夷。辛夷的名字就这样传开了。

虽然故事未必为真，但辛夷的确很适合用来治疗鼻病。《本草纲目》就指出，辛夷花可治“鼻渊、鼻疮”，现代用它来治疗急性或慢性鼻炎、过敏性鼻炎、肥厚性鼻炎、鼻窦炎等，都有一定疗效。

题都城南庄

（唐）崔护

去年今日此门中，人面桃花相映红。
人面不知何处去，桃花依旧笑春风。

桃花：桃花依旧笑春风

桃花是一种极其明艳的花，它既是大俗，又是大雅，喜气洋洋。汉代《易林》曰："春桃生花，季女宜家。"宋代朱熹《诗集传》曰："周礼，仲春令会男女。然则桃之有华，正婚姻之时也。"桃花开得正艳，正如容光焕发的美丽新嫁娘。桃花开时的三月阳春，也是适合婚嫁的时候。

《诗经》中有《周南·桃夭》，通篇都是明丽欢喜之极。"桃之夭夭，灼灼其华"，夭夭是指茂盛的样子，而灼灼则是鲜明的样子。那新嫁娘满身喜气，明亮得晃了人的眼。她因幸福、激动、期待、羞涩等交织的复杂情绪而焕发出特别的神采，极具魅力。"之子于归，宜其家人。"新嫁娘美如桃花，而又品性纯良，嫁过去一定很合适这个家庭，而这家庭也因她而更加和美。朴素的赞美，淡淡地叙来，却蕴藏着一份由衷的祝福。

桃花自然也是历代文人们的宠儿。唐代杜甫有诗篇："红入桃花嫩，青归柳叶新。"唐代李白更有佳句："桃李出深井，花艳惊上春。"宋代秦观有《虞美人》，通篇都在歌咏桃花出尘如画："碧桃天上栽和露，不是凡花数。乱山深处水萦回，可惜一枝如画、为谁开？轻寒细雨情何限，不道春难管。为君沉醉又何妨，只怕酒醒时候、断人肠。"

唐代热衷于举办各种花宴赏花，自然也有举办桃花宴。唐代武平一《景龙文馆记》记载："景龙四年春，上宴于桃花园，群臣毕从。学士李峤等各献桃花诗，上令宫女歌之。”唐中宗春季在桃花园举办花宴，群臣都参与进来，并纷纷献上桃花诗，唐中宗则令宫女在桃花下歌唱新诗。桃花园里桃花宴，桃花宴歌桃花诗，芬芳花香里夹杂醇厚酒气，当真是风雅无限。

《云仙散录》记载："唐世风俗，贵重葫芦酱、桃花醋、照水油。”这里的桃花醋便是在果醋或者米醋之中加入桃花花瓣酿制而成的花醋。唐人喜食桃花饭，唐代诗人李群玉云“倚棹汀洲沙日晚，江鲜野菜桃花饭”，皮日休说“桐木布温吟倦后，桃花饭熟醉醒前”。一碗桃花饭，雪白米粒上点缀嫣红的桃花花瓣，观之玲珑可爱，闻之馥郁清香，着其气息则醉，是嫣然明媚的大唐风情。

在洛阳一带，人们在寒食节有食桃花粥的习惯。清代汪灏《广群芳谱》引唐人《金门岁节录》一书即云："洛阳人家，寒食节食桃花粥。”清代孔尚任的《桃花扇》中有这样的唱词："三月三刘郎到了，携手儿下妆楼，桃花粥吃个饱。”

唐代孟棨（qǐ）《本事诗》记载了这么一个故事。唐代有位“姿质甚美”的书生崔护，清明节独自游览京城南，不知不觉走到了“花木丛萃，寂若无人”之地，向桃花掩映中的人家讨碗水喝。有少女素手轻轻推门，露出一张宛若桃花花瓣的姣好面容，“妖姿媚态，绰有余妍”。崔护一抬头，登时呆了。

少女取水给他喝了之后，独自倚着桃树的斜枝伫立，眼波流动，若有情意。崔护以话语挑之，她却不回答，两人彼此久久注视，空气中宛然有微妙暧昧的情愫在弥漫。分别之时，彼此都是恋恋不舍。

到了第二年清明节，崔护想起了那位桃林中的美丽少女，于是便前去找寻，想要向她倾吐情意。他走到那户人家门前，只见院落围墙、院门和原来一样，只是门上加了把锁，原来主人已经外出了。崔护怅然若失，知道此番必定见不到那少女，于是便在门上题诗一首："去年今日此门中，人面桃花相映红。人面不知何处去，桃花依旧笑春风。”

几天以后，崔护再次到城南去寻找那少女，到了却隐隐听见哭声，便敲门询问。原来那少女从前一年清明节遇见崔护以来，经常精神恍惚，若有所思。这年清明节少女全家外出，回来之后，她看到了门上的题诗。读完之后，知道自己与心上人失之交臂，禁不住涌起了无限的懊悔与思念，进了门就病倒了，几天不吃不喝，已经不省人事。崔护又惊又悲，赶紧进去看望少女，在她耳边唤道："崔护在此！"少女听到心上人的声音，心病登时得到解除，不一会便睁开双眼。少女家人大喜，便让他们成亲了。

桃花为蔷薇科李属落叶乔木，味甘，性平，无毒，入药有利水、活血、通便之功，主治水肿、脚气、痰饮、积滞、二便不利等。《本草纲目》中载：范纯佑之女"亦惊怒伤肝，痰夹败血，逐致发狂。偶得桃花利痰饮、散滞血之功"。说的是桃花治愈了躁狂症少女的事例，桃花之所以能有这种疗效，是因为它能利痰饮、散滞血。

桃花还可以美容瘦身，是一种天然的润肤品。《备急千金要方》载："桃花三株，空腹饮用，细腰身。"《太清方》中写道："三月三日采桃花，酒浸服之，除百病，好颜色。"春日里采摘新鲜桃花，以之浸酒，女子每日饮用这桃花酒，能活血润肤，增添面容娇色，可使容颜艳如桃花。

赏牡丹

（唐）刘禹锡

庭前芍药妖无格，池上芙蕖净少情。
唯有牡丹真国色，花开时节动京城。

牡丹：唯有牡丹真国色

牡丹雍容华贵，素来有“花王”之称。牡丹在唐代尤其绝色倾城，受到人们的欢迎。唐代诗人刘禹锡曾赞道：“唯有牡丹真国色，花开时节动京城。”唐代诗人皮日休也曾吟诗赞颂：“竞夸天下无双艳，独立人间第一香。”唐代诗人王维有“绿艳闲且静，红衣浅复深”的名句。

牡丹作为观赏植物栽培，始于南北朝时期。据《太平御览》记载，南朝宋时，永嘉水际竹间多牡丹；但牡丹广泛种植，则是在唐时。唐人喜爱花儿，经常举办花宴，放榜后新进士都要参加朝廷举办的花宴等活动。孟郊中进士后，便写下了《登科后》：“昔日龌龊不足夸，今朝放荡思无涯。春风得意马蹄疾，一日看尽长安花。”这花宴之中，牡丹自然是最为灼灼明亮的。洛阳则是历史上最早的牡丹栽培中心。欧阳修的《洛阳牡丹记》称：“自唐则天以后，洛阳牡丹始盛。”

宋人也爱牡丹。在官方的花宴中，最著名的是万花会。万花会中，牡丹当然又是绝对的主角。据宋代《墨庄漫录》记载：“西京牡丹闻于天下，花盛时，太守作万花会。宴集之所，以花作屏帐，至于梁栋柱拱，悉以竹筒贮水，簪花钉挂，举目皆花也。”元祐七年的一次万花会，“用花千万朵”。那样热热闹闹的万花之会，该是何等风华绝代，四周都是花，呼吸全是香。宋代的卖花人花篮里，牡丹也是绝不可少：“是月季春，万花烂漫，牡丹芍药，棣棠木香，种种上市。卖花者以马头竹蓝铺排，歌叫之声，清奇可听。晴帘静院，晓幕高楼，宿酒未醒，好梦初觉，闻之莫不新愁易感，幽恨悬生，最一时之佳况。”

诗人词人都对牡丹不吝惜赞美之词，宋代文学家欧阳修就曾作《白牡丹》赞道：“蟾精雪魄孕云荄，春入香腴一夜开。宿露枝头藏玉块，晴风庭面揭银杯。”石延年作《牡丹》赞道：“春风晴昼起浮光，玉作肌肤罗作裳。独步世无吴苑艳，浑身天与汉宫香。”郑刚中的《牡丹》诗赞它为百花之王，为诗人心中的第一花：“既全国色与天香，底用家人紫共黄。却喜骚人称第一，至今唤作百花王。”

除了貌美之外，牡丹还是一味上佳的中药，又可药食同源。它为毛茛科芍药属多年生落叶灌木，花儿性平、味苦淡，无毒，入药有清热、活血、镇痛的功效，可治妇女月经不调、经行腹痛。因此，牡丹花馔其实也是可日常食用的药膳，尤为古代女性所钟爱。

唐代就有吃牡丹花的传统，人们除了赏花，也吃花。《隋唐佳话录》里记载，有一年花朝节到来之日，武则天游园赏花，见牡丹等花儿开得璀璨夺目，于是便命宫女采下大量花朵，回宫后和米捣碎蒸制成糕，取名“百花糕”。从此，牡丹花入馔之风日盛。五代十国时，后蜀兵部尚书李昊每到春季，便会采摘牡丹花数枝送给朋友，并以兴平酥同赠，并说：“俟花凋谢，即以酥煎食之，无弃浓艳也。”等到花凋谢后，即以酥煎制牡丹花片而食之，可不要愧对了这一份浓艳啊。北宋苏轼也不忍牡丹如此丰腴明艳的花朵白白飘落，便用落花做了一道煎炸牡丹花的美味，还作诗道：“未忍污泥沙，牛酥煎落蕊”“明日春阴花未老，故应未忍着酥煎”。

五代·王仁裕的《开元天宝遗事》记载：“贵妃每宿酒初消，多苦肺热。尝凌晨独游后苑，傍花树，以手攀枝，口吸花露，藉其露液，润于肺也。”杨贵妃醉酒肺热之时，倚靠花树攀下花枝，吮吸花露以清润缓解其苦。这花树大有可能是牡丹，因其在后苑中广泛栽种，又是贵妃钟爱之花。

南宋《山家清供》中记录了牡丹生菜，将碧绿生菜和牡丹花瓣拌食，或者将生菜和牡丹花瓣裹上薄面粉油炸成酥后食用。据说这是宋高宗的皇后吴氏春天里最喜爱的一道菜，她茹素，“喜清俭，不嗜杀”，因此才喜好这清韵雅致的牡丹生菜。

明清时期，有不少饮食专著对牡丹花馔进行了记载。明代《群芳谱》写道："煎花，牡丹花煎法与玉兰同，可食，可蜜浸。"清代《养小录》记载："牡丹花瓣，汤焯可，蜜浸可，肉汁烩亦可。"牡丹花瓣芬芳明洁，无论汤焯牡丹还是蜜浸牡丹、肉炖牡丹，入口都甘美爽口。现在，牡丹也可以做成牡丹银耳汤、牡丹花熘片、牡丹花里脊丝等佳肴。

牡丹因其清香，还可以制成香料。在《陈氏香谱》中就记录了一种以牡丹蕊、酴醾花、龙脑香制作的醒酒香，即"玉华醒醉香"，做法是："采牡丹蕊与酴醾花，清酒拌浥润得所，风阴一宿，杵细捻作饼子，阴干，龙脑为衣。置枕间，芬芳袭人，可以醒醉。"采集牡丹花蕊与酴醾花瓣，加入清酒拌匀晾上一晚，然后捣成花泥，捏成香饼，再阴干，外表涂一层龙脑香末。将"玉华醒醉香"放在枕中，芳香袭人，有提神醒脑、驱除酒醉之功效。

牡丹的根皮也是一味治病良药，叫作牡丹皮，简称丹皮，味苦、辛，性微寒，是一种重要的清热凉血药。《神农本草经》中就指出，牡丹皮可以"疗痈疮"。牡丹皮治疗在外的疮疖疔毒，可与金银花、连翘、野菊花配伍；治疗在内的肠痈（阑尾炎），可与大黄、桃仁等配伍。李时珍在《本草纲目》中强调牡丹皮"凉血，治血中伏火，除烦热"，并道："牡丹惟取红白单瓣者入药。其千叶异品，皆人巧所致，气味不纯，不可用。"丹皮具有凉血功效，有助于止血，所以在许多发热疾病和传染病的过程中都有使用。古人曾评牡丹："花中之王数牡丹，凉血药中数丹皮。"

《金匮要略》中记载有经典方剂大黄牡丹汤，即是用大黄、芒硝、桃仁、牡丹皮、冬瓜仁制成，可泻热破结，散结消肿。

丁香：芭蕉不展丁香结

代赠

（唐）李商隐

楼上黄昏欲望休，

玉梯横绝月如钩。

芭蕉不展丁香结，

同向春风各自愁。

丁香花生得并不艳丽，却芬芳雅致，自古以来也是文人笔下相思与幽怨的象征。

李商隐的《代赠》中有："芭蕉不展丁香结，同向春风各自愁。"芭蕉卷着不展，丁香的花小如结，在春风中像是各自都含了一缕悒郁轻愁。南唐中主李璟在《浣溪沙》中写道："青鸟不传云外信，丁香空结雨中愁。"举目望去，不见有传书的青鸟飞来，只有雨中的丁香，和那卷帘人一样凝着淡淡的愁绪，绝美而忧伤。

古诗词中的丁香，大多都是观赏类的丁香，系木犀科丁香属落叶灌木或小乔木，因花筒细长如钉且香，故名。花儿的颜色为深紫、淡紫、白色、紫红及蓝紫色等。其实还有一种药用丁香，为双子叶植物桃金娘科植物的花蕾，呈鲜紫棕色，具有浓郁芳香，又称鸡舌香、丁子香。

《诸蕃志》载："丁香出大食、阇婆诸国，其状似丁字，因以名之。能辟口气，郎官咀以奏事。其大者谓之丁香母。丁香母即鸡舌香也。或曰鸡舌香，千年枣实也。"这里说的就是药用的桃金娘科丁香。

桃金娘科丁香原产于大食、波斯、三佛齐和细兰等国，汉代便已引入我国，其性温味辛，无毒，有温中、暖肾、降逆之功效，主治呃逆、呕吐、反胃、痢疾、心腹冷痛、痃癖、疝气、癣症等。桃金娘科丁香在花蕾开时呈白色，渐渐变成绿色，最后呈鲜红色时便可采集了，将采得的花蕾除去花梗晒干便可成药。

药用丁香香气馥郁，也是一种重要香料。它的一大妙用是杀菌除臭，古代贵族常常把丁香含在口中，满口生香，可治疗或者遮掩口臭，类似于现在的口香糖。贵族女子更是喜欢口含丁香，一开口便口吐莲花，清香四溢。能达到这种清新口气之佳效的，药用植物之中，除了丁香，也就只有桂花和薄荷了。

有的时候，官员在皇帝面前奏事或回答问题，口里就必须含嚼丁香，以消除口腔异味，防止御前失仪。《黄氏逸书考》中记载有这样一件事情：东汉桓帝时，有一名侍中名叫刁存。一日，恒帝可能是嫌弃刁存口有异味，便赐了一块药物让他含着。刁存入口后不敢吞下，以为是赐死的毒药，便凄凄惨惨地回家与家人朋友一一诀别。他有一位好友觉得事有蹊跷，便让刁存把"毒药"吐出来看看。刁存依言吐出，香气浓郁。好友认出来这是鸡舌香，即丁香。东汉应劭的《汉官仪》中载："尚书郎含鸡舌香伏奏事，黄门郎对揖跪受，故称尚书郎怀香握兰，趋走丹墀。"北宋沈括的《梦溪笔谈》中也有记载："三省故事郎官口含鸡舌香，欲奏其事，对答其气芬芳。此正谓丁香治口气（口臭），至今方书为然。"

据说唐代诗人宋之问也曾用丁香治好了自己的口臭。宋之问在武则天手下担任文学侍从，他觉得自己理应受到女皇重用，可是武则天对他始终不冷不热。他苦思半天不得其因，于是写了一首诗恭恭敬敬地呈献给武则天，诗云："明河可望不可亲，愿得乘槎一问津。更将织女支机石，还访成都卖卜人。”是极明显的献媚邀宠了。哪知道武则天读过，仍是一笑了之，搁置一边不予理睬，宋之问心里未免犯嘀咕。后来，宋之问通过多方打听，才知道武则天是嫌他口臭，因此对他避而远之，登时惭愧不已。从此，人们就经常看见宋之问口含丁香，以治疗口臭。

唐代医书《千金翼方》载有五香丸并汤方，以丁香、藿香、零陵香、青木香、甘松香、桂心、白芷、当归、香附子、槟榔捣细末和蜜，可治疗心痛、肿痛、散毒。

枳郎儿

（元）柴野愚

访仙家，访仙家，远远入烟霞。汲水新烹阳羡茶。瑶琴弹罢，看满园金粉落松花。

松花：满园金粉落松花

松花是春天里松树雄枝抽新芽时的花骨朵儿，颜色是金黄色的，掩映在碧绿色的松针下，显得颇为亮眼。松花飘落的花粉也是金色的，元代柴野愚小令中有“看满园金粉落松花”之语。

松花又名松黄、松笔头，味甘，性温，无毒，具有祛风益气、收湿止血的功效，主治头痛眩晕、泄泻下痢、湿疹湿疮、创伤出血。最早记载松花的本草典籍为《新修本草》，谓：“松花名松黄，拂取似蒲黄正尔。”《本草图经》谓：“其花上黄粉名松黄，山人及时拂取，作汤点之甚佳。但不堪停久，故鲜用寄远。”《本草纲目》记载：“酒服令轻身，疗病胜似皮、叶及脂也。”

松花因其味美，很早就是入馔的美食。松花可以制成玲珑点心松花饼。宋人喜爱吃松花饼，南宋林洪的《山家清供》里详细记载了松花饼的制法。有一日，林洪闲暇无事到大理寺，拜访秋岩评事（官职名）陈介，结果被主人留下喝酒。过了一会儿出来两个童仆，童仆唱起了陶渊明的《归去来兮辞》，并奉上松黄（花）饼来佐酒。陈介戴着角巾留着美髯，一副超凡脱俗的样子。两人边饮酒边品松黄（花）饼，不由得油然生起山林之兴，觉得驼峰、熊掌在松黄（花）饼这样的美味前都甘拜下风。“春末，采松花黄和炼熟蜜，匀作如古龙涎饼状，不惟香味清甘，亦能壮颜益志，延永纪筭。”松花饼的做法是春末取松花黄和炼熟蜜拌匀制作，像古老的龙涎饼一样。此饼不只是香味清甜，还能养颜健脑，增强记忆力。元代虞集曾作诗赞道："玉叠松花蜜饼香，龙珠星颗露盘凉。遥知环碧楼中坐，翠竹苍松夏日长。"

明代杨循吉的《居山杂志》所载松花饼，更堪称花馔中的妙品："松至三月华，以杖扣其枝，则纷纷坠落，张衣裓盛之，囊负而归，调以蜜，作饼遗人，曰'松花饼'。市无鬻者。"《清稗类钞》中也有记载："松至三月而花，以杖扣其枝，则纷纷坠落，调以蜜，作饼，曰松花饼。"

《本草纲目》言松花："润心肺，益气，除风，止血。亦可酿酒。"宋代苏轼喜用松花制松花饭，酿松花酒。《酒小史》中载，苏轼守定州于曲阳时，先将大量松花配上槐花、杏花，加上蒲黄与白蜜，入饭共蒸，蒸成芳香清甜的松花饭。然后，他再把松花饭密封数日，让松花饭充分发酵，便制成了松花酒。苏轼痛饮这醇厚美酒，并挥毫作下一篇《松花歌》："一斤松花不可少，八两蒲黄切莫炒。槐花杏花各五钱，两斤白蜜一齐捣。吃也好，浴也好，红白容颜直到老。"

元代张可久有一首小令，其中有句："山中何事？松花酿酒，春水煎茶。"山中有什么事呢？不过是喝着自酿的松花酒，品着自煎的春水茶而已。这一句非常飘逸潇洒，仁者乐山，山中之乐，有着与世隔绝的清静与悠然。

明代高濂的《遵生八笺》中记载有松花蕊："采，去赤皮，取嫩白者，蜜渍之，略烧令蜜熟，勿太熟，极香脆美。"也有松花酒："三月取松花如鼠尾者，细剉一升，用绢袋盛之。造白酒熟时，投袋于酒中心，井内浸三日，取出，漉酒饮之。其味清香甘美。"松花开在农历三月，而此时酿成开坛的应是正月里用稻米酿下的春酒。松花酿的春酒，不但清香甘美，而且确实有许多保健功能。

与松花比起来，松子滋味更美，食疗作用也更大。松子具有补肾益气、养血润肠、滑肠通便、润肺止咳等作用。久食松子可强健身心，滋润皮肤，延年益寿。《海药本草》谓"久服轻身，延年不老"。宋代的腊八粥中常用松子。周密的《武林旧事》记载，寺院及人家，皆有腊八粥用胡桃、松子、乳蕈、柿、栗之类为之。"

元代书画家倪瓒制有清泉白石茶，明代顾元庆的《云林遗事》里记载，这种茶的制法是用核桃、松子肉和真粉捏成如石状的小块，放置于茶水之中，供人徐徐饮之，名曰“清泉白石”。这清泉白石茶，既有观赏性，养生效果也颇佳。

明代《遵生八笺》记载了松子饼的制法：“酥油六两，白糖卤六两，白面一斤。先将酥油化开，温入瓦盒内，倾入糖卤擦匀。次将白面和之，揉擦匀净，置桌上擀平，用铜圈印成饼子，上栽松仁，入拖盘熯燥用。”清代《随园食单》里记载有用松子、核桃等制成的百果糕：“百果糕：杭州北关外卖者最佳。以粉糯多松仁、胡桃而不放橙丁者为妙。其甜处非蜜非糖，可暂可久。家中不能得其法。”

松叶也能食用，清代《养小录》中有松柏粉：“带露取嫩叶捣汁，澄粉作糕。用之，绿香可爱。”这样的松柏饼，吃起来一定满口清香、满心清凉了。

芍药：芍药开残春已尽

蝶恋花·暮春

（宋）赵长卿

芍药开残春已尽。红浅香干，蝶子迷花阵。阵是清和人正困。行云散后空留恨。
小字金书频与问。意曲心诚，未必他能信。千结柔肠愁寸寸。钿钗几日重相近。

《诗经》里有这么一首小诗《郑风·溱洧》，说的是遥远时代青年男女的恋爱故事："溱（zhēn）与洧（wěi），方涣涣兮。士与女，方秉蕑（jiān）兮。女曰：'观乎？'士曰：'既且。''且往观乎？'洧之外，洵讦（xū）且乐。维士与女，伊其相谑，赠之以芍药。"

清澈的溱水、洧水畔，波光盈盈，人声喧哗。有一对一见钟情、相互心仪的青年男女，手里拿着芬芳的兰草，含笑缓缓并行。他们在河边，互相逗乐取悦对方，在临走之前，男子珍重地赠送了一支芍药给女子。由此可看出，芍药自古就作为爱情之花。

古代男女交往，分别时也常以芍药相赠，表达结情之约或惜别之情，所以芍药又称"将离草"。《郑笺》载："其别则送女以勺药，结恩情也。"《毛诗传笺通释》云："又云'结恩情'者，以勺与约同声，故假借为结约也。"

芍药系毛茛科芍药属多年生草本植物，花朵如盘子般大小，容色十分娇艳。

据宋代《古琴疏》载："帝相元年，条谷贡桐、芍药。帝命羿植桐于云和，命武罗伯植芍药于后苑。"帝相是夏代君主，可见芍药在我国有着相当漫长的栽培历史。

芍药的园艺品种有白、粉、红、紫、黄、绿、黑等多种颜色，花瓣繁复，可达数百枚。唐代诗人柳宗元曾赞它："欹红醉浓露，窈窕留馀春。"唐代诗人白居易也赞它："疑香薰罨画，似泪著胭脂。"正因其绰约花容、明艳花色，芍药被称为"花中丞相"，在花中地位仅在花王牡丹之下。而牡丹和芍药长得很相似，而牡丹为木本植物，芍药为草本植物，因此牡丹被称为木芍药，芍药被称为草牡丹。前秦典籍中只有芍药，不见牡丹之名，可见古人先识芍药。

《红楼梦》第六十二回《憨湘云醉眠芍药裀　呆香菱情解石榴裙》里，"憨湘云醉眠芍药裀"是一幅绝美的画："果见湘云卧于山石僻处一个石凳子上，业经香梦沉酣，四面芍药花飞了一身，满头脸衣襟上皆是红香散乱。手中的扇子在地下，也半被落花埋了。一群蜂蝶闹穰穰的围着她，又用鲛帕包了一包芍药花瓣枕着。"

芍药开在暮春时节，因此又叫作"殿春花"，宋代词人赵长卿有"芍药开残春已尽"之句。芍药香气并不浓郁，可以说只有淡淡的草木清气，但让人闻了心里非常舒服，可谓"夜窗蔼芳气，幽卧知相亲"。迷人的是，芍药花苞上还会生成晶莹的水滴状花蜜，像是露水一般，甜蜜馥郁。在芍药的盛花期，这些花蜜都可以见到，是可以直接吃的。

芍药花也是可以吃的。古代人们喜食芍药花。芍药花可养血柔肝，散郁祛瘀，使得气血充沛，容颜红润，可药食兼用。汉代便将芍药花制酱食用。西汉枚乘的《七发》中就有"熊蹯之臑，勺药之酱"的吟咏，即糯香的焖熊掌，蘸着鲜香的芍药酱。《汉书·司马相如传》："勺药之和具而后御之。"颜师古注曰："勺药，药草名。其根主和五脏，又辟毒气，故合之于兰桂五味以助诸食，因呼五味之和为勺药耳。"

芍药可做成芍药花煎。明代《群芳谱》中记载："春采芽或花瓣，以面煎之，味脆美，可以久留。"春天里将芍药的花蕾或花瓣采摘下来，以面粉裹了用油煎炸，则滋味脆美，齿颊留香。芍药也可做成芍药花饼。清代德龄在《御香缥缈录》中叙述了慈禧太后为了养颜益寿，特将芍药的花瓣与鸡蛋面粉混合后用油炸成薄饼食用。此外，芍药花还可以制作芍药花粥、芍药花羹、芍药花酒、芍药鲤鱼汤等，均味美爽口。

芍药以根入药，味苦，性平，无毒。芍药根多用在女科疾病治疗中，因此素有“女科之花”的美誉。《本草纲目》记载，芍药可止痛，利小便，益气，用于治疗邪气腹痛，除血痹，破坚积，寒热疝瘕等。晋代陶弘景把芍药分为白芍、赤芍两种，二者作用不尽相同。《本草正义》记载：“益阴养血，滋润肝脾，皆用白芍；活血行滞，宣化疡毒，皆用赤芍。”白芍尤其是妇科良药。

古代经方之中有很多以芍药为主要药物，如东汉《金匮要略》中的当归芍药散，以当归、芍药、茯苓、白术、泽泻、川芎等组成，有疏肝健脾的功效，主治肝郁气滞、慢性盆腔炎、功能性子宫出血、痛经等症。明代《医学入门》记载的三白汤，便是以白芍、白术、白茯苓各5克，甘草3克，水煎而成，主治虚烦或泄、或渴，也有补气益血、美白润肤、延缓衰老之功效。此外，芍药桂枝汤、黄芩汤、炙甘草汤等经方中都有芍药的成分。

荼蘼：开到荼蘼花事了

春暮游小园

（宋）王淇

一从梅粉褪残妆，涂抹新红上海棠。

开到荼蘼花事了，丝丝天棘出莓墙。

荼蘼，又名酴醾、荼蘼、佛见笑、重瓣空心泡，为蔷薇科悬钩子属落叶灌木，因此又叫作悬钩子蔷薇。明代《群芳谱》还记载了五个风雅之名：“一名独步春，一名百宜枝杖，一名琼绶带，一名雪缨络，一名沉香蜜友。”

荼蘼春末夏初开花，小花儿姿态优美，洁白清香，很是惹人喜爱。清代《清异录》记载：“荼蘼曰白蔓郎，以开白花也。”清代诗人厉鹗吟道：“梨花雪后酴醾雪，人在重帘浅梦中。”江南地区，荼蘼花是广为种植的庭院小花。《群芳谱》说它“香微而清”，“盛开时折置书册中，冬取插鬓犹有余香”。在荼蘼花盛开之时，摘下花儿夹在书册之中，待到冬天，还可以插在女子的鬓发上。这时的荼蘼花虽然已经枯萎了，但仍然保留着幽幽的香气。

五代名士舒雅创“青纱连二枕”，宋代陶谷记录此枕：“舒雅作青纱连二枕，满贮酴醾木犀瑞香散蕊，甚益鼻根。”青纱为枕面，内填荼蘼、桂花、瑞香三种香花散瓣，香气极馥郁。唐代诗人秦尚运（一作秦南运）作《题钟雅青纱枕》

赞道："梦里却成山色雨，沈山不敢斗青华。"枕着香枕入睡，梦中都仿佛行走在这三色花瓣化作的花雨之中。

荼蘼花的香气是文人墨客经常歌咏的对象。宋代诗人韩维写道："平生为爱此香浓，仰面常迎落架风。"他生平最爱的便是荼蘼花的香气，每每仰面闭目，感受荼蘼花的花香自风中悠悠而来。宋代赵孟坚写道："微风过处有清香，知是荼蘼隔短墙。"微风送来淡淡的清香，闻之便知道，有荼蘼花静静开在矮墙之下。宋代陆游赞道："吴地春寒花渐晚，北归一路摘香来。"一路缓缓行来，步步都踏在荼蘼花的香气之上。宋代欧阳修称道："清明时节散天香，轻染鹅儿一抹黄。最是风流堪赏处，美人取作浥罗裳。"荼蘼的香气几乎可以媲美被称为"天香"的桂花香了。

宋代很多诗人对荼蘼评价极高，如有诗句"唤将梅蕊要同韵"，晁补之甚至说荼蘼应该取代牡丹为花王。

荼蘼是一种带有忧伤之美的清绝花儿。它是春天最后开花的植物，它的开放，意味着百花都已凋零，所以等到荼蘼开尽了，整个春天的花季也即将过去了。宋代文学家苏轼叹道："荼蘼不争春，寂寞开最晚。"宋代诗人王淇曾赋诗："开到荼靡花事了，丝丝天棘出莓墙。"《红楼梦》第六十三回《寿怡红群芳开夜宴　死金丹独艳理亲丧》里，为了庆祝宝玉的生日，大观园众女儿在怡红院开夜宴，席间做了一个抽象牙花名签子的游戏。麝月抽到一张花签，便是荼蘼花签，花签上画着一枝荼蘼花，题着"韶华胜极"四字，并写着一句旧诗，便是"开到荼靡花事了"。

宋代范镇曾在家中以荼蘼花为主角而举行飞英会。他家的庭院里有荼蘼花架，高广可容数十人，每到暮春孟夏，荼蘼花开时，他便在荼蘼花架下宴请宾客，约定荼蘼花的花瓣落在谁的酒杯里，谁就喝一杯酒，曰："有飞花堕酒中者，为余浮一大白。"当微风过处，荼靡花如新雪一般翩翩坠落，落在杯中、案上、衣上以及人们的发髻上，满座无一遗者。人们都纷纷举杯，饮下花香酒气。人们以此风雅韵事，与一年花事告别，与满目春光告别。

唐代已有将荼蘼酿酒的做法。荼蘼酒也称为酴醾酒。《新唐书・李绛列传》

记载，宰相李绛直言劝谏，唐宪宗称赞其为“真宰相”，并“遣使赐酴醾酒”。唐代还喜欢将樱桃和酴醾酒一起食用，“召侍臣学士食樱桃，饮酴醾酒，盛以琉璃盘，和以香酪”。到了宋代，荼蘼酒更是广受欢迎。《礼志》记载了宋时制荼蘼酒的一种方法，正是受了“飞英会”的影响。做法是先把一种叫作木香的香料研磨成细末投入酒瓮中，然后加以密封，待到暮春饮用之时，则取出醇香酒液，并在酒面上洒满洁白新鲜的荼蘼花瓣。宋代李祁的《青玉案》中有：“归来留取，御香襟袖，同饮酴醾酒。”北宋著名政治家文彦博还曾将自己新酿的荼蘼酒送给友人，并附上一首《新酿酴醾酒送吴蔡二副枢》：“此花犹未发，此酒已先香。独有甘芹意，开樽略为尝。”

《山家清供》记载有荼蘪粥：“一日适灵鹫，访僧苹洲德修，午留粥，甚香美。询之，乃荼蘪花也。其法：采花片，用甘草汤焯，候粥熟同煮。”林洪食用之后，盛赞其“清切”，即清澈纯粹之口感。《广东新语》在记及荼蘼花时就写道：“或取其瓣拌糖霜，暴之兼旬，以为粉果心馅，名荼蘼角，甚甘馨可嗜。”荼蘼粥平日里食之，具有养生保健的功效，但功效并不显著。人们食荼蘼粥，更多的是取其芳香风雅之意。正如美学家朱光潜所说：“审美可以让人脱离低俗、庸俗和媚俗，进而让人得到心灵和精神上的净化。人心被美的事物洗涤后，如同雨后的嫩芽，能更好地生长，奉献绿色。”芬芳花馔除了可以饮食养生之外，更多是使人得到审美的愉悦，从而达到情志养生的效果。

清代褚人获《坚瓠续集》有《酴醾露》一篇，说大西洋沿岸各国产酴醾露，也就是荼蘼露，“夷人”还将荼蘼露收集装瓶进行贩卖。这荼蘼露“琼瑶晶莹，芬芳袭人，若甘露焉。夷女以泽体腻发，香味经月不灭”。

司直巡宫无诸移到玫瑰花

（唐）徐夤

芳菲移自越王台，最似蔷薇好并栽。
秾艳尽怜胜彩绘，嘉名谁赠作玫瑰。
春藏锦绣风吹拆，天染琼瑶日照开。
为报朱衣早邀客，莫教零落委苍苔。

玫瑰：天染琼瑶日照开

玫瑰为蔷薇科蔷薇属灌木，原产于中国。古代“玫瑰”一词原义指的是红色美玉。《说文解字》载：“玫，一曰石之美者”“瑰，一曰圆好”。司马相如的《子虚赋》写道：“其石则赤玉玫瑰。”后来，人们便把这个美丽的名字给了一种蔷薇属植物，红色美玉一般的花儿。

玫瑰花其实并不止红色，有红、白、黄、紫等多种颜色，但却以胭脂红最为明艳照人。玫瑰还有“徘徊花”的名称，花容之美、花香之馥，令人徘徊流连，不舍离去。明代田汝成的《西湖游览志馀》载：“玫瑰花，类蔷薇，紫艳馥郁，宋时宫院多采之，杂脑麝以为香囊，芬氤袅袅不绝，故又名徘徊花。”宋代宫廷女子喜欢采摘玫瑰花，将花瓣雨龙脑、麝香一起装入香囊佩于身上，花香袅袅不绝。

玫瑰因其色艳气香，也受到文人墨客的青睐。蔷薇科蔷薇属的植物里，共有玫瑰、月季和蔷薇三类，三者花型与花色生得也颇为相似。宋代诗人杨万里的《红玫瑰》中写道“非关月季姓名同，不与蔷薇谱牒通”，然后又赞它花容艳丽——“接叶连枝千万绿，一花两色浅深红”，再赞它芳气袭人——“别有国香收不得，诗人熏入水沈中”，玫瑰国色天香，其香如醇酒，把诗人都香得沉浸在浓郁的芬芳之中。水沈，即沉香，是著名的熏香料。

唐代诗人徐夤赞它“秾艳尽怜胜彩绘，嘉名谁赠作玫瑰”。玫瑰美而纯洁，秾艳秀美，难描难画，名字取自美玉之名，是谁巧心思给它起了如此嘉名呢?“为报朱衣早邀客，莫教零落委苍苔。”则表达了诗人对玫瑰的怜爱之情。

唐代诗人李建勋写有一首《春词》，写的便是春日里系于玫瑰花之上的少女恋情:“日高闲步下堂阶，细草春莎没绣鞋。折得玫瑰花一朵，凭君簪向凤凰钗。”春日里，一位轻盈活泼的少女走下堂阶，春草青碧如丝，轻拂着她的绣鞋，她在这春日烂漫的阳光中徜徉着，折得一枝红色玫瑰，情郎含笑接过，轻轻簪在她的凤钗之上。女子含笑敛首，晕生双颊，人比花娇。

古代很早就有食用玫瑰花的习俗，“玫瑰花和糖冲服，甘美可口，色泽悦目”，《食物本草》谓其“主利肺脾、益肝胆”，食之芳香甘美，令人神清气爽。宋人喜欢在春天里用玫瑰花浸酒，作玫瑰花粥。玫瑰花用糖渍了就是著名的糖玫瑰，可做各种甜食馅的配料，其味香甜可口。明代《五杂俎》记载:“今人有以玫瑰、荼蘼、牡丹诸花片蜜渍而啖之者。”明代《长物志》则认为玫瑰“宜充食品，不宜簪带”。明代《明宫史》记载，当时京都百姓制作汤圆时，曾用玫瑰为馅料之一:“用糯米细面，内用核桃仁、白糖、玫瑰为馅，洒水滚成，如核桃大，即江南所称汤圆也。”

清人喜爱吃沁香满颊的玫瑰糖。清代徐珂的《清稗类钞》记载:“五月间，玫瑰始花，香闻数里。吴汉搓戍宁古塔时，尝采之以制玫瑰糖，土人珍之。”清代陆震写有一首《忆江南·咏玫瑰》赞之:“春来卉。堪爱独玫瑰。簪鬓放娇怜紫艳，伴糖津咽胜红蕤。枯润总香飞。”春来百花盛开，而他独爱玫瑰，玫瑰可簪在少女鬓旁更增娇艳，还能和糖做成一道令人口舌生津的美味。无论玫瑰花儿新鲜与否，总有一缕甜香萦绕飘飞。

玫瑰还可以用来制成玫瑰露。清代顾仲的《养小录》记载:“仿烧酒饧甑、木桶减小样，制一具，蒸诸香露。凡诸花及诸叶香者，俱可蒸露。入汤代茶，种种益人。入酒增味，调汁制饵，无所不宜。”清代小说《红楼梦》第三十四回中，因为宝玉挨了打，又吃玫瑰卤子吃絮了，嫌不香甜，王夫人便把玫瑰清露交给袭人让她服侍宝玉喝下，以活血化瘀。玫瑰清露是“胭脂一般的汁子”，色泽如葡萄酒一般娇艳，且芳香馥郁，“一碗水里只用挑上一茶匙，就香得了不得呢”。

宝玉在服用了玫瑰清露之后，一日好似一日。后来宝玉将吃剩的玫瑰清露送给了芳官，芳官又转赠柳五儿，五儿的娘又转赠五儿正在害热病的表兄，表兄服用之后，只觉“心中爽快，头目清凉”。可见，玫瑰清露不仅味美，还可疗疾。

《本草纲目拾遗》记载：“玫瑰露气香而味淡，能和血平肝，养胃宽胸散郁。”玫瑰是一味养血调经的良药，可以调整内分泌，消除体内瘀积，使肤色红润有光泽，所以平日里食用玫瑰花可以祛斑消痘，美白肌肤，达到瘦身美容的效果。玫瑰花还可以治疗乳腺增生，即“乳癖”。《随居息饮食谱》中记载：“玫瑰花，甘辛温，调中活血，舒郁结，辟秽，和肝，可消乳癖。”如今人们也喜欢饮用玫瑰花茶，不过正因为玫瑰性温，所以直接泡水饮用容易口干咽燥，因此饮用玫瑰花茶时可以放一点蜂蜜，避免温燥伤阴，口感也更佳。

风雅的清人不仅食用玫瑰花，还将之做成花枕、花被。清代小说《红楼梦》中，宝玉就有“一个各色玫瑰、芍药花瓣装的玉色夹纱新枕头”。清代曹庭栋的《养生随笔》就细致地记载了一种用玫瑰花与老丝瓜片制成的“花被”：“有摘玫瑰花囊被，去蒂晒干，先将丝瓜老存筋者，剪开捶软作片，约需数十，以线联络，花铺其上，纱制被囊之，密针行如麂眼方块式。乍凉时覆体最佳。玫瑰花能养血疏肺气，得微暖，香弥甚。丝瓜性清寒，可解热毒。”夜里若是盖上这轻软的玫瑰花被，梦里都是花香萦绕，该会引得蝴蝶翩然入梦吧。

山亭夏日

（唐）高骈

绿树阴浓夏日长，楼台倒影入池塘。

水晶帘动微风起，满架蔷薇一院香。

蔷薇：满架蔷薇一院香

蔷薇如同绝色女子，比玫瑰又多了几分山野灵气。蔷薇品种繁多，明朝学者王象晋在他所著的《群芳谱》中，对蔷薇进行了详细分类，列举出朱蔷薇、荷花蔷薇、五色蔷薇、黄蔷薇、重瓣蔷薇等二十多个品种。蔷薇花色也有乳白、鹅黄、金黄、粉红、大红、紫黑多种，花开之时，如美人缭乱，令人目不暇接。

诗人们对蔷薇多有吟咏。南朝梁·柳恽的《咏蔷薇》是一首轻盈可爱的小诗："当户种蔷薇，枝叶太葳蕤。不摇香已乱，无风花自飞。"读完此诗，仿佛眼前出现了花飞满天、摇曳生姿、香飘于衣的缤纷明丽之景。唐代名将高骈写过一首《山亭夏日》，其中有句"水晶帘动微风起，满架蔷薇一院香"，水晶帘轻轻拂动，有轻轻的柔风细细吹了进来。蔷薇满架，院子里弥漫清香。

宋代秦观《春日五首》（其一）中有"有情芍药含春泪，无力蔷薇卧晓枝"之句，芍药带雨，如同含泪美人，脉脉含情。蔷薇静卧枝蔓，柔弱无力，娇艳妩媚，令人顿生怜香惜玉之感。明代顾璘曾歌咏曰："百丈蔷薇枝，缭绕成洞房。密叶翠帷重，秾花红锦张。对著玉局棋，遣此朱夏长。香云落衣袂，一月留余香。"都是赞蔷薇之风姿，如此柔桡轻曼，妩媚纤弱，可谓是脉脉眼中波，盈盈花盛处。

早在汉代，蔷薇就已经在我国广泛栽种。汉武帝就极为喜爱蔷薇，他的上林苑中就种了不少蔷薇。据记载，汉武帝曾与宠妃丽娟在后苑赏花，适逢蔷薇初开，娉婷多姿，貌似女子含笑。武帝被蔷薇之美迷得心神俱醉，叹道：“花之容，绝胜佳人笑也。”在一旁的丽娟便娇嗔道：“笑可买矣？”武帝答：“可！”于是丽娟随即取来黄金百斤，作为买笑钱，以博武帝一日欢愉。对于妃子的俏皮风趣之举，汉武帝自然是龙颜大悦，从此蔷薇又名“买笑”。

不过喜爱蔷薇的帝王可不止汉武帝一人，《寰宇记》载：“梁元帝竹林堂中，多种蔷薇。”南北朝时期梁元帝萧绎也酷爱蔷薇，相传他有一座竹林堂，有十间花屋，多种蔷薇。花开之时，枝叶交映，芬芳袭人。梁元帝是一位爱好读书与喜好文学的君主，等到蔷薇花开，他必定就在花香之中临风捧卷，风雅无限。

由于蔷薇的芬芳袭人，在明清时期还流行把蔷薇花做成女子香囊或者配饰。清代顾瑶光的《虎丘竹枝词》中有首诗描写的就是采摘野蔷薇制作香佩之事：“篱畔寻芳花已稀，家家盆捣野蔷薇。雕成双宿鸳鸯坠，香透玉郎白袷衣。”

正因为蔷薇的美貌与芳香，古人便将之制成蔷薇露，希望能长久保留它的色泽与香气。《本草纲目拾遗》记载：野蔷薇“香最甜，似玫瑰，人多取蒸作露”。蔷薇的香气不仅馥郁，而且持久，《宋史·占城国传》载：“占城有蔷薇水，洒衣经岁香不歇。”《云仙杂记》则记载，唐代柳宗元得到韩愈所寄诗，先以蔷薇露盥手，然后再展卷细读，以示尊重。

人们喜爱蔷薇露，还从大食进口“馨烈非常”的异域蔷薇水，南宋珍宝谱录《百宝总珍集》蔷薇水条中诗云：“泉窖贩到蔷薇露，琉璃瓶贮喷鼻香。贵人多作刷头水，修合龙涎分外馨。”贵族女子不仅用蔷薇露来濯洗护发，还用它来调粉梳妆，这样，身上、发上都会散发芬芳的气息。宋代虞俦诗云：“美人晓镜玉妆台，仙掌承来傅粉腮。莹彻琉璃瓶外影，闻香不待蜡封开。”蔷薇露太香，还未开封便沁出浓郁的芬芳，令人心神俱醉。

蔷薇露也可以用来食用，清代李渔在《闲情偶寄》中就说：“花露者，蔷薇最上，群花次之。”他还制成了一种花露饭，便是在刚熟的米饭之上洒上一盏花露，饭上便浸透了淡淡馨香，但凡食者无不“体泰神怡”。蔷薇花儿可以做成各种花馔，《醒园录》就曾记载蔷薇糕制法：“蔷薇天明初开时，取来不拘多少，去心蒂及叶头有白处，铺于罐底，用白糖盖之，扎紧。明日再取，如法。后仿此。候花过，将罐内糖花不时翻转，至花略烂，将罐坐于微火煮片时，加饴糖和匀，扎紧候用。”将蔷薇花瓣片片采下，和以白糖，再微火熬煮，加上饴糖调匀，便成了芬芳鲜艳的蔷薇花糕。

蔷薇为蔷薇科落叶灌木，花、果、叶、根等均可入药。蔷薇的花儿为芳香理气药，具有清暑、和胃、止血之功，可治热吐血、口渴、胃痛、胃溃疡等症，因此蔷薇花馔可以药食两用。蔷薇叶碾成细末，调入蜂蜜和醋，外敷可治下疳疮等症；根为收敛药，具有清热利湿、祛风活血的功效，《备急千金要方》称其为“口疮之神药”；果实有利尿、通经、治水肿之功。蔷薇嫩茎和嫩叶可以入食，滋味清脆甜美，《救荒本草》记载：“采芽叶，煠熟，换水浸，淘净，油盐调食。”

兰花：唯取芳声袭衣美

兰

（宋）梅尧臣

楚泽多兰人未辩，尽以清香为比拟。

萧茅杜若亦莫分，唯取芳声袭衣美。

兰花为兰科兰属植物，与梅、竹、菊合称“四君子”，并被列为中国十大名花之一。孔子爱兰，曾说：“芷兰生幽谷，不以无人而不芳；君子修道立德，不为穷困而改节。”

屈原的《楚辞》之中，常有香草美人之思。他以此寄情托意，明志自勉。兰花自然是香草之中极为重要的一种，《湘君》里有“薜荔柏兮蕙绸，荪桡兮兰旌”，《湘夫人》里有“白玉兮为镇，疏石兰兮为芳”。《少司命》中更是赞道：“秋兰兮青青，绿叶兮紫茎。满堂兮美人，忽独与余兮目成。”在飘忽瑰艳的楚辞中，兰花遗世而独立，孤傲而冰洁，绰约风姿。

后世诗人歌咏兰花者众，唐代王勃写有《春庄》：“山中兰叶径，城外李桃园。岂知人事静，不觉鸟啼喧。”兰花只生长在人迹罕至的深山中，宛转芳华，自在芬芳。唐代唐彦谦写有《兰》：“清风摇翠环，凉露滴苍玉。美人胡不纫，幽香蔼空谷。”深谷中一株芳兰，如同幽居山谷的美人，徒有香气满溢，却无法得遇良人，正如士之不遇。

兰花以香闻名于世，素来有“王者之香”的美称，其香气有解郁醒神之能，因此古人素喜兰香，书室、闺阁、熏衣用香都喜用兰花。西汉司马相如的《长门赋》中，写到陈阿娇皇后所使用的香枕中便有兰花：“抟芬若以为枕兮，席荃兰而茝（chǎi）香。”宋代黄庭坚在《书幽芳亭记》中描写兰香：“清风过之，其香蔼然，在室满室，在堂满堂。”室内放上一盆兰花，便弥了满屋子清新馥郁的香气，因此便不用焚香了。宋代戴复古为此赞道：“庭垂竹叶因思酒，室有兰花不炷香。”明末董若雨常常采集兰花用水蒸之，以提取兰香，并在《众香评》里记录到，提取兰香“如展荆蛮民画轴，落落穆穆，自然高绝”。

兰花不仅入诗，也入馔。《左传·宣公三年》中有“以兰有国香，人服媚之如是”的记载，可知春秋时期人们已知服用兰花。屈原也曾吸风饮露、吹花嚼蕊，《东皇太一》中有“蕙肴蒸兮兰藉，奠桂酒兮椒浆”，意思是将蕙煮祭肉，兰花为衬；桂酒奠祭，佐以椒浆。汉代人喜欢以鲜花酿酒，尤其喜欢用兰花、菊花酿制。西汉辞赋家枚乘《七发》就咏道：“兰英之酒，酌以涤口。”诗中所说的“兰英之酒”就是用兰花泡制而成，花香酒气，甘芬袭人。唐代魏徵所著的《五郊乐章·雍和》中有“苾苾兰羞，芬芬桂醑”的祝词，说的是皇帝和百官以兰花做成的佳肴和桂花酿成的美酒进行祭祀的情景。

明代的兰花花馔，则有更为详细的记载。明代张应文《罗钟斋兰谱》道：“兰花香味俱佳，无毒可食。……拾其将蜕之花，或用蜜炼过者，或用糖醋同煎熟者，浸为之蔬。”将凋落的兰花花瓣用蜜炼过，或者与糖醋同煎，都可以做成可口美食。

明末文学家张岱在《陶庵梦忆》中写了一个爱兰如痴的人，名字就叫作范与兰。范与兰与张岱是同学，也是好友。他名字里有个兰字，从年轻时就喜欢种兰花，直到七十三岁的高龄也没有一天终止。他这一生，始终与钟爱的兰花相伴。

他在家中种了兰花三十余缸，夏天每天一早搬进屋内，晚上搬出屋外。冬天则每天早上搬出屋外，夜里搬进屋内。由于他特别精心的培育，兰花仿佛也得了灵气，花开之时，一里路外即可闻见方向。

客人在家中坐上一会儿，就会“香袭衣裾，三五日不散”，而张岱也是爱兰之人。每到兰花花期，张岱到范与兰家中，只觉香气馥郁浓烈，不敢用鼻子嗅，张口轻轻一吸，便如吸吮夜间饱满的水汽一般。

后来到了花谢之时，凋零的兰花便扫了满满一簸箕，张岱不忍落花被弃，于是和范与兰商量说：“可以用面煎兰花，也可以用蜜浸兰花，也可以用火烤兰花，为什么不把兰花吃了呢？”范与兰很赞同张岱的提议，于是，凋零的兰花又变成了美食。

兰花除了做花馔之外，也可用来熏茶，还可用来点汤。兰花全草均可入药，其性平，味辛、甘，无毒，有养阴润肺、利水渗湿、清热解毒等功效。《本草纲目》载：“其气清香、生津止渴，润肌肉，治消渴胆瘅。”兰花中有一种黄兰花，功效更佳，《本草纲目拾遗》载：“黄兰花者名蜜兰，可以止泻止白带，利水道，杀蛊毒，消痈肿，调月经，久服益气轻身不老，通神明。”现在也常把兰花做成兰花粥、兰花拌肚丝、兰花鸡蛋汤等药膳食用，以达到滋补强身的功效。

次韵子由种菜久旱不生

（宋）苏轼

新春阶下笋芽生，厨里霜虀倒旧罂。
时绕麦田求野荠，强为僧舍煮山羹。
园无雨润何须叹，身与时违合退耕。
欲看年华自有处，鬓间秋色两三茎。

荠菜：时绕麦田求野荠

《诗经》中的《邶风·谷风》，说的是一个女子被喜新厌旧的丈夫抛弃的故事。诗里的荼便是苦菜，荠则是荠菜。“行道迟迟，中心有违。不远伊迩，薄送我畿。谁谓荼苦，其甘如荠。宴尔新婚，如兄如弟。”

丈夫与新欢成婚，她被迫离家出走，脚步像灌了铅一般沉重迟缓，心中无限凄楚。丈夫也仅仅送她到门口，不肯多送半步。苦菜已经是极苦的了，但是和她苦涩的内心一比，就仿佛如荠菜一般甘美。可见，古人很早就知道荠菜味美了。

荠菜为十字花科荠属草本植物，常生长于田野、路边及庭园。它还有一个叫人安心的名字——护生草。这是因为其香气能在夏日里驱赶蚊虫，护人安宁。《本草纲目》记载：“释家取其茎作挑灯杖，可辟蚊、蛾，谓之护生草，云能护众生也。”

荠菜在严冬萌芽，于早春繁茂，也是一种不畏冰雪的植物。南宋辛弃疾就曾赞道：“城中桃李愁风雨，春在溪头荠菜花。”晋代夏侯湛写有一篇《荠赋》称赞它：“钻重冰而挺茂，蒙严霜以发鲜。”另外，荠菜还有野荠、地菜、鸡心菜等名称。

荠菜很早就被作为菜蔬食用，滋味鲜香爽口。每逢春日，人们便在野外采摘鲜嫩荠菜食用，并说“二月二，家家吃荠菜”。荠菜在湖南一些地区又称为地菜子，有“三月三，地菜子煮鸡蛋”的说法。《本草纲目》载：“元旦立春以葱、蒜、韭、蓼、芥等辛嫩之菜，杂合食之，取迎新之义，谓之‘五辛盘’。”到了唐宋时期，五辛盘被人们改进成了“春盘”，吃春盘的习俗一直流传至今。后来春盘渐渐演变成春卷、春饼，荠菜也就常被做成荠菜春卷。

唐代高力士曾作有一首《感巫州荠菜》：“两京作斤卖，五溪无人采。夷夏虽有殊，气味都不改。”高力士是唐明皇时期的著名宦官，累官至骠骑大将军、开府仪同三司。由于宫廷斗争，宦官李辅国勾结张后，迁唐明皇西宫，并私下诏书，将高力士流放巫州。高力士见到山上多荠菜，而土著居民却不知食用，不由得触景生情，作下此诗，实托物言志。虽然自己的地位已一落千丈，不如过去显赫，但对唐明皇的忠诚之心始终不变。

荠菜滋味十分鲜美，北宋范仲淹在《荠赋》里说自己细嚼荠菜，竟然嚼出了宫商角徵的感觉。北宋苏轼对荠菜也是青眼有加，曾亲自采摘荠菜，与菘菜、黄豆、粳米等一起煮做羹汤，这种荠菜羹就以苏轼的号东坡居士命名，叫作“东坡羹”，苏轼以此自得，并赋诗云：“开心暖胃门冬饮，知是东坡手自煎。”他盛赞荠菜“天然之珍，虽小甘于五味，而有味外之美”，又说“食荠极美，君若知此味，则陆海八珍，皆可鄙厌也”，还曾在他的诗作《次韵子由种菜久旱不生》中作下“时绕麦田求野荠，强为僧舍煮山羹”之句。

南宋陆游在《冬夜读书示子聿》（其六）中有“残雪初消荠满园，糁羹珍美胜羔豚”之句，盛赞荠菜粥羹滋味之美，竟然胜过了乳猪肉。陆游在《食荠》中吟道：“日日思归饱蕨薇，春来荠美忽忘归。”写自己在四川日日想念家乡绍兴的蕨菜和野豌豆，但是春天到来，荠菜滋味绝美，竟然忘记了家乡的美味了。

荠菜味甘，性平，具有和脾、利水、止血、明目的功效，常用于治疗产后出血、痢疾、水肿、肠炎、胃溃疡、感冒发热、目赤肿痛等症。

荠菜吃法繁多，可煮粥食用，荠菜粥又有“百岁粥”的美称，常吃荠菜可以减轻眼睛干涩的症状。《本草纲目》载：“荠菜煮粥，明目利肝。”荠菜味道鲜美，用来做饺子馅也是一个很好的选择。平日里，人们常用的药膳还有荠菜鸡蛋汤以及荠菜蜜枣汤等。

蕨菜：堆盘炊熟紫玛瑙

食 蕨

（明）罗永恭

堆盘炊熟紫玛瑙，入口嚼碎明琉璃。

溶溶漾漾甘如饴，但觉馁腹回春熙。

《诗经》中的《召南·草虫》篇章里，蕨菜是一份古典而深沉的思念："喓喓（yāo）草虫，趯趯（tì）阜螽（zhōng）。未见君子，忧心忡忡。亦既见止，亦既觏（gòu）止，我心则降。陟彼南山，言采其蕨。未见君子，忧心惙惙。亦既见止，亦既觏止，我心则说。陟彼南山，言采其薇。未见君子，我心伤悲。亦既见止，亦既觏止，我心则夷。"

妻子思念着丈夫。她听到秋虫唧唧之声，她心中忧愁，只好梦里去跟丈夫相会。到了来年春天，她去采摘蕨菜，直起身来，却仍不见丈夫，只是四望青青，她不由得幻想着，如果能跟丈夫见面，相依相会，该有多欢喜呀。到了夏天，她去采摘薇菜，丈夫依然没有如期归来，她心中伤悲不已。

从《诗经》里的这首小诗可以知道，我国古代很早就开始食用蕨菜。《本草纲目》载："《诗》云：陟彼南山，言采其蕨。陆玑谓其可以供祭，故采之。"《本草纲目》还详细介绍了蕨菜的两种食用方法："其茎嫩时采取，以灰汤煮去涎滑，晒干作蔬，味甘滑，亦可醋食。其根紫色，皮内有白粉，捣烂再三洗澄，取粉作粔籹，荡皮作线食之，色淡紫，而甚滑美也。”蕨菜可以采摘其嫩茎叶食用，也可以提取蕨菜根茎中的蕨粉做成粉丝食用，即所谓蕨粉。也有把蕨菜根茎中的蕨粉做成蕨菜粑粑食用，都甚为清香爽口。

宋代诗人黄庭坚诗云：“蕨芽初长小儿拳。”四月里蕨菜嫩叶蜷曲，好像紧握的小儿拳头，因此蕨菜又叫拳头菜，滋味滑爽甘嫩，清香宜人，素有“山菜之珍”“山菜之王”的美誉，“处处山中有之”。蕨菜因其味美，得到历代文人墨客的喜爱。宋代陆游赞其“蕨芽珍嫩压春蔬”，认为蕨菜是春日菜蔬中之最美味者。明代罗永恭曾写过一首《食蕨》：“堆盘炊熟紫玛瑙，入口嚼碎明琉璃。溶溶漾漾甘如饴，但觉馁腹回春熙。”可见人们食用蕨菜时的惬意满足之感。

关于蕨菜有这么一个民间传说故事。八仙之一的铁拐李曾有一日云游到了一座深山中，路过一间茅屋，听见有人呻吟，于是前去查看。原来，有一位年长的土郎中在采药途中忽然旧病复发，脏虚气滞，煎熬不已。铁拐李问明详情后，便随手在山中采了些蕨菜，递给土郎中，要他服下。

土郎中见是山中随处可见的野菜，心中怀疑，但当他刚刚接过蕨菜，一抬头，已经不见了铁拐李。于是，他抱着试一试的心理，将蕨菜蒸熟服食。如此坚持几天下来，果然身心轻健，很有效果，才明白自己是遇到了高人指点。

传说虽然只是传说，但蕨菜的确是药食同源的植物，可以用来治病。蕨菜为凤尾蕨科生落叶草本植物，其嫩叶可食，根茎可制淀粉，全株都可以入药。味甘、微苦，性寒，有清热解毒、利湿润肠的功效。

《食疗本草》记载，蕨菜可“补五脏不足，气壅经络筋骨间，毒气”。但是脾胃虚寒者忌食蕨菜，常人也不能多食。《食疗本草》有“冷气人食之多腹胀”。

茵陈：堆盘红缕细茵陈

元日过丹阳明日立春寄鲁元翰

（宋）苏轼

堆盘红缕细茵陈，巧与椒花两斗新。

竹马异时宁信老，土牛明日莫辞春。

西湖弄水犹应早，北寺观灯欲及辰。

白发苍颜谁肯记，晓来频嚏为何人。

《诗经》中已有茵陈（白蒿）的出现，那时它有一个古典的名字——蘩。《诗经》吟唱："春日迟迟，采蘩祁祁。"春天日子渐长，姑娘们纷纷忙着采摘茵陈。"于以采蘩？于沼于沚。于以用之？公侯之事。"忙碌的姑娘们还轻轻地唱着一曲劳动之歌："到何处来采茵陈，沼泽旁边沙洲上。采来茵陈有何用？公侯之家祭祀用。"

茵陈又名萎蒿、白蒿、由胡等等，是二年生草本菊科春黄菊族植物。它春天里因陈根而生，所以叫作因陈或茵陈。在古代，茵陈之所以名蘩，是因为它生命力强，易于繁殖。《本草纲目》载："白蒿有水陆二种，《尔雅》通谓之蘩，以其易蘩衍也。"

南朝梁・陶弘景云："今处处有之，似蓬蒿而叶紧细。秋后茎枯，经冬不死，至春又生。”茵陈耐寒，虽然秋日里茎叶枯萎，但经冬不死，春日细叶又发。民间有云：“二月茵陈三月蒿，五月茵陈当柴烧。”茵陈刚刚生发之时，有清凉的香气，嫩叶可食，因此早春二月是采摘它们品尝的最佳时期，无论是生吃还是蒸食，均清香甜美。陆玑《诗疏》亦云：“今白蒿先诸草发生，香美可食，生蒸皆宜。”不过到了三月，茵陈便成了满地乱蒿，到了五月，只能做柴烧了。明代《救荒野谱》里说茵陈：“青蒿儿，才发颖，二月二日春犹冷，家家竞作茵陈饼。茵陈疗病还疗饥，借问采蒿知不知。”

茵陈因其鲜美，也令文人墨客回味不已。唐代杜甫所作《陪郑广文游何将军山林》中有“棘树寒云色，茵陈春藕香”之句，将茵陈之脆美与春藕相提并论。北宋苏轼曾写了一首《春菜》诗，点到了一大批美味的野菜，茵陈名列最前：“茵陈甘菊不负渠，绘缕堆盘纤手抹。”在《元日过丹阳明日立春寄鲁元翰》中，苏轼还写道：“堆盘红缕细茵陈，巧与椒花两斗新。”

茵陈有两个采收期，春季采的习称绵茵陈，秋季采的习称茵陈蒿。绵茵陈做菜食用，茵陈蒿则做药用。绵茵陈有清热利湿、凉血止血的功效，久服轻身益气耐老、面白长年，还可治疗风湿寒热邪气、热结黄疸等疾病。茵陈蒿味苦、辛，性微寒，无毒，入药可护肝补肝，是治疗肝炎和黄疸的一剂良药，《神农本草经》将其列为上品。《本草纲目》载：“大热黄疸，用茵陈切细煮汤服……亦治伤寒头痛、风热痒疟，利小便。”

《伤寒论》中载有茵陈蒿汤，以茵陈、栀子、大黄制成具有清热、利湿、退黄功效的方剂，可用其治疗瘀热发黄。《金匮要略》也记载有茵陈蒿汤，则是以其治疗谷疸。

中国民间尚有以米粉做茵陈糕、团的习惯。广东一带还常以茵陈、煎好的鲫鱼，用猛火煲一小时做汤水饮用，可有效地疏肝、清肝热。

浣溪沙

（宋）苏轼

软草平莎过雨新，轻沙走马路无尘。
何时收拾耦耕身。
日暖桑麻光似泼，风来蒿艾气如薰。
使君元是此中人。

艾草：风来蒿艾气如薰

《诗经·王风·采葛》："彼采葛兮，一日不见，如三月兮！彼采萧兮，一日不见，如三秋兮！彼采艾兮，一日不见，如三岁兮！"这首诗，其实是那个深深眷恋着姑娘的小伙子心上一首萦绕不止的歌儿："那个采葛的美丽姑娘啊，一天不见，如同隔了三月一般！那个采萧的美丽姑娘啊，一天不见，如同隔了三秋一般！那个采艾的美丽姑娘啊，一天不见，如同隔了三年一般！

这便是热恋中的爱情，不再是"既见君子，云胡不喜"的独自欢喜和隐秘甜蜜，而是激烈的爱情，如同火一般。想见那个人，分分秒秒都是煎熬，然而，分分秒秒也都是甜蜜。一日不见，就像三月那么久，像一年那么久，像三年那么久。

艾草为菊科蒿属植物，别名冰台、香艾、艾蒿、灸草、医草、艾叶等。艾草青青可爱，宋代刘黻（fú）《又寄徐径畈吏部》中"世路几年滋艾草，道山今日聚梅花"之句，将艾草与梅花相提并论，显然是暗赞其美。艾有美好的意思，《孟子》云："知好色，则慕少艾。"这里的少艾，指的便是年轻美貌的女子。

古人喜爱艾草，素来有"清明插柳，端午插艾"的习惯。每至端午节之际，家家都洒扫庭除，将菖蒲、艾草插于门楣，悬于堂中，置于家中以避邪。《荆楚岁时记》云："采艾为人，悬于户上，以禳毒气。"端午这天，古人常常出游，采摘艾草等各种药草，然后煮成药汤喝。这个习俗一直延续到了现在。

艾草具有浓烈的香味，可驱赶蚊虫，宋代苏轼《浣溪沙·软草平莎过雨新》的词句“日暖桑麻光似泼，风来蒿艾气如薰”，就是称赞艾草的浓香。所以，古人在门前挂艾草还有驱虫之效。“端午时节草萋萋，野艾茸茸淡着衣。无意争颜呈媚态，芳名自有庶民知。”这首诗是古人对艾草的真实写照。艾草因其芬芳的气息，也常用做端午香囊，香囊中装有艾草、白芷、川芎、芩草等香草，将之佩戴于身，可取其芬芳，也可作为装饰。将艾草洗净晒干填充枕头，还有安眠解乏的功效。

艾草以叶入药，性味苦、辛、温。据《本草纲目》记载，艾有通十二经、具回阳、理气血、逐湿寒、止血安胎等功效，全草有调经止血、安胎止崩、散寒除湿之效。历代医籍都记载艾草为止血要药，为医家最常用之药，民间俗语道:“居家常备艾，老少无疾患。”

《毛传》载:“艾所以疗疾。”艾叶可入药治病，又有养生奇效，然而又是随处可见的野草，因此是极亲民的一种草药，为医家最常用之药。孟子曾说:“七年之病，求三年之艾。”长年累月的顽固疾病，往往可以用艾灸治愈。用作艾灸的最好材料是陈年的熟艾。将艾草晒干捣碎可得艾绒，制艾条供艾灸用，有通经活络、祛除阴寒、消肿散结、回阳救逆等作用。《本草纲目》载:“艾叶生则微苦太辛，熟则微辛太苦，生温熟热，纯阳也。可以取太阳真火，可以回垂绝元阳……灸之则透诸经，而治百种病邪，起沉疴之人为康泰，其功亦大矣。”艾草是纯阳植物，可以迅速补充人体阳气，使得气血通畅。用艾草来泡水洗澡或者熏蒸，有消毒止痒、散寒除湿的功效。

艾草的嫩芽及幼苗可以作菜蔬，也可以做成艾叶茶、艾叶汤、艾叶粥等食物。江南一带还喜欢在早春时节用新生的艾草嫩叶制作艾草粑粑（或唤作青团）食用，不仅清香味美，还能增强人体对疾病的抵抗能力，咬一口，就像咬到了春天。

艾草嫩叶不仅可以吃，还可以用来染色。艾草可以将布料染成沉静柔和的嫩绿之色，且留下淡淡的清新香气，令人闻之神爽。

黄芪：黄耆煮粥荐春盘

立春日病中邀安国仍请率禹功同来仆虽不能饮

（宋）苏轼

孤灯照影夜漫漫，拈得花枝不忍看。

白发欹簪羞彩胜，黄耆煮粥荐春盘。

东方烹狗阳初动，南陌争牛卧作团。

老子从来兴不浅，向隅谁有满堂欢。

斋居卧病禁烟前，辜负名花已一年。

此日使君不强喜，新春风物为谁妍。

青衫公子家千里，白首先生杖百钱。

曷不相将来问病，已教呼取散花天。

黄芪为豆科黄芪属植物，旧称黄耆，《本草纲目》记载：“耆，长也。黄芪色黄，为补药之长，故名。今俗通作黄芪，或作蓍者非矣。”耆是长的意思，黄耆之所以得名，是因为它颜色金黄，又是补药之长，因此得名。

黄芪味甘，性温，归肺、脾经，善补气升阳、固表行滞。在《本草纲目》中，黄芪还排在了人参的前面，可见其补益功效之大。不过，与人参大补元气不同，黄芪以补虚为主，常用于体衰力弱者。民间流传着“常喝黄芪汤，防病保健康”

之语，经常用黄芪煎汤或泡茶饮用，可达到防病保健之效果。

《本草纲目》曰："防风能制黄芪，黄芪得防风其功愈大，乃相畏而相使也。"黄芪和防风经常一起使用，作黄芪防风汤。《旧唐书·许胤宗传》中记载，南朝陈国的柳太后有一年患了中风，目斜口歪，既不能言，也不能吃饭或者服药。御医们束手无策，陈后主急得团团转。

这时有一位名叫许胤宗的名医灵机一动，用黄芪、防风煎汤数斛，趁其滚烫之际置于柳太后床下，待药物的蒸气慢慢熏蒸，将药力送到柳太后体内。当晚，柳太后明显好转，能开口说话，不久还能正常进食了。

黄芪、防风，再加一味白术，就构成了方剂玉屏风散。这个名字既形象又有诗意，清代伤寒学家柯韵伯解释道："夫以防风之善驱风，得黄芪以固表，则外有所卫，得白术以固里，则内有所据。风邪去而不复来，此欲散风邪者，当倚如屏，珍如玉也。故名玉屏风。"玉屏风散具有益气固表止汗之功效，可匡扶正气，加强卫气，使肌体不易感风邪，可防治感冒。

《金匮要略》还记载一味药剂防己黄芪汤，即是用防己、黄芪、甘草、白术熬制而成，并道："风水，脉浮身重，汗出，恶风者，防己黄芪汤主之。"《脾胃论》记载一味补中益气汤，则是用黄芪、人参（党参）、白术、炙甘草、当归、陈皮、升麻、柴胡、生姜、大枣熬制而成，可以补中益气，升阳举陷，具有提高免疫机能、抗贫血、增体力的功效，可以用来治疗多种疾病。

黄芪别名很多，《神农本草经》称"戴糁"，《药性论》称"王孙"。唐代诗人王维曾作有一首著名的诗《送别》："山中相送罢，日暮掩柴扉。春草明年绿，王孙归不归？"其中的"王孙"，有人以为指的便是黄芪。

宋代文学家苏轼懂药性，又爱美食，他曾在立春日之时，强撑病体邀请朋友来家，用来待客的便是黄芪煮粥，因此他作诗云"黄芪煮粥荐春盘"。黄芪粥温良醇厚，具补益之效，正适合苏轼病中服用。苏轼还称赞道："旦复疲甚，食黄芪粥甚美。"

莼菜：莼菜秋来忆故乡

送魏舍人仲甫为蕲州判官

（唐）徐铉

从事蕲春兴自长，蕲人应识紫薇郎。

山资足后抛名路，莼菜秋来忆故乡。

以道卷舒犹自适，临戎谈笑固无妨。

如闻郡阁吹横笛，时望青溪忆野王。

莼菜早在《诗经》中就出现过，那时，它有一个古雅的名字：茆。《诗经·鲁颂·泮水》吟唱道："思乐泮水，薄采其茆（mǎo）。鲁侯戾止，在泮饮酒。既饮旨酒，永锡难老。顺彼长道，屈此群丑。"所唱的是在泮水旁采摘莼菜的事情，这里的"茆"指的就是莼菜。

莼菜又名蓴（pò）菜、湖菜等，是睡莲科莼属水生宿根草本植物，生长在水质清澈的池塘湖沼中。它由地下葡萄茎萌发须根和叶片，形成丛生状水中茎，再生分枝。铜钱状的嫩绿叶子或卷或舒，浮在水面或潜在水中，有点像大一号的铜钱草，很是可爱。莼菜夏季抽生花茎，开出暗红色的小花儿。唐代诗人严维曾作诗赞道："江南季春天，莼叶细如弦。池边草作径，湖上叶如船。"

莼菜自古以来便是一道名菜，古人所谓"莼鲈风味"中的"莼"，就是指的这个菜。莼菜一般盛产在江南水乡。北魏农学家贾思勰曾道，作羹用的配菜，莼为第一。据《世说新语·言语》记载，王武子问陆机江南有什么东西可以与北方羊酪相比，陆机答复："有千里莼羹，但未下盐豉耳。"陆机将未放盐豉的莼羹与羊酪相提并论，可见放了盐豉的莼羹之滋味更在羊酪之上。

据《晋书·张翰传》载，齐王冏辟张翰为大司马东曹掾，在洛阳。张翰因见秋风起，便想念起家乡吴中菰菜、莼羹、鲈鱼脍，曰："人生贵得适志，何能羁宦数千里以要名爵乎！"遂命驾而归。后人常用"莼羹鲈脍"作为辞官归乡的典故。

南宋林洪的《山家清供》中记录有锦带羹。所谓锦带羹，其实就是莼菜羹："叶始生柔脆，可羹。"林洪还引用杜甫的"香闻锦带羹"之句赞美其香滑。《山家清供》中又记录有玉带羹，也就是用莼菜和笋做的羹。林洪于春日里拜访朋友，论诗把酒及夜，无可供者，朋友一人说："吾有镜湖之莼。"另一人则道："雍有稽山之笋。"于是，林洪便令厨师以镜湖的莼菜和稽山的竹笋做成了一碗极得山野之趣的清香玉带羹。

明代《遵生八笺》也记录了莼菜的时令采摘与多种吃法："四月采之，滚水一焯，落水漂用。以姜醋食之亦可，作肉羹亦可。"暮春四月，采莼菜嫩叶，用滚水一焯，便可食用。可以用白水煮莼菜，也可以用姜醋拌食，还可以配之肉羹鱼脍。

莼菜主要是采其尚未透露出水面的嫩叶食用。它本身并没有什么味道，但嫩茎和叶背有胶状透明物质，这使得莼菜尝起来口感柔滑、鲜美细嫩，风味令人大为倾倒。宋代苏轼赞道："若问三吴胜事，不惟千里莼羹。"宋代陆游也称道："店家菰饭香初熟，市担莼丝滑欲流。"元代黄复圭还以《莼菜》为题写了一首诗："鲛人绣满水仙裳，地轴天机不敢藏。水縠冷缠琼缕滑，翠钿清缀玉丝香。江湖有味牵情久，京络思归引兴长。欲剪吴松缝不得，谩拖秋思绕诗肠。"现代文学家、教育家叶圣陶也被莼菜大为倾倒，曾写道："这样嫩绿的颜色与丰富的诗意，无味之味真足以令人心醉。"

《医林纂要》载莼菜可"除烦，解热，消痰"。《本草纲目》则记载莼菜可和鲫鱼作羹，可下气止呕，补大小肠虚气，治热疸，厚肠胃，安下焦，逐水，解百药毒并蛊气。

莼菜具有药食两用的保健作用，不过莼菜性寒，不可多食。北宋名僧惠洪的《冷斋夜话》曾记彭渊材的话："吾平生无所恨，所恨者五事耳。第一恨鲥鱼多骨，第二恨金橘太酸，第三恨莼菜性冷，第四恨海棠无香，第五恨曾子固不能作诗。"莼菜若不是性冷，便可大快朵颐，因此彭渊材以此为生平憾事之一。

野豌豆：正向空山赋采薇

鹧鸪天·有感

（宋）辛弃疾

出处从来自不齐。后车方载太公归。谁知孤竹夷齐子，正向空山赋采薇。

黄菊嫩，晚香枝。一般同是采花时。蜂儿辛苦多官府，蝴蝶花间自在飞。

《诗经·小雅·采薇》云："采薇采薇，薇亦作止。曰归曰归，岁亦莫止。靡室靡家，玁狁（xiǎn yǔn）之故。不遑启居，玁狁之故。"这首诗歌吟唱的是：豆苗采了又采，薇菜刚刚冒出地面。一直想要回家，但时光荏苒，已到了年末仍不能实现。士兵们孤身在外漂泊，没有妻室没有家，没有时间休息，都是为了和玁狁打仗的缘故。

薇是极美的一个字，直到现在也经常用作女性的名字。它其实是豆科野豌豆属的一种，是美貌的小草花儿，花冠呈红色、粉红色或紫色，花色十分艳丽，如同盛装的少女。它的茎匍匐柔软，高不过一米，叶子也是柔和的椭圆形，是豆科植物常有的羽状复叶。野豌豆荚果完全成熟的时候是亮黑色，呈长圆形或者菱形，种子则是呈现黑褐色。

这首诗描述的是一位在外征战的士兵对家乡的思念之情。诗以采薇起兴，士兵采着野豌豆苗，悠然而起思乡之情，正是由眼中景言及心中情。《诗经》中还有不少篇章都说到了“采薇”，《诗经·召南·草虫》云：“陟彼南山，言采其薇。未见君子，我心伤悲。亦既见止，亦既觏止，我心则夷。”这首诗里，采野豌豆的主人公换成了弱质纤纤的女子，她以柔嫩之手采摘着野豌豆苗，同时思念着心上人。野豌豆上，依然寄托的是深沉的思念。

关于采薇，还有一个古老的故事。商朝末年，周武王起兵杀掉纣王，成立西周。孤竹君的两位王子伯夷、叔齐隐居山野，顾念旧朝，不事周朝，只是采摘山中的野豌豆苗度日。《史记》记载：“武王已平殷乱，天下宗周，而伯夷、叔齐耻之，义不食周粟，隐于首阳山，采薇而食之。”因此，采薇所表现的是一种高洁不屈的风骨，多为后世诗人所歌咏，以寄托自己的情志。三国时期曹魏文学家嵇康在《幽愤诗》里咏道：“采薇山阿，散发岩岫，永啸长吟，颐性养寿。”表达自己的归隐之志。唐代诗人王绩的《野望》中有诗句“相顾无相识，长歌怀采薇”，宋代词人辛弃疾的《鹧鸪天·有感》中亦有“谁知孤竹夷齐子，正向空山赋采薇”的词句。

在古人的生活里，野豌豆是一种重要的野菜，又叫作救荒野豌豆、大野豌豆、大巢菜，种子、茎、叶均可食用。北宋文学家苏轼曾有文记载：“菜之美者，蜀乡之巢。”“巢”即为大巢菜和小巢菜，苏轼称它为“菜之美者”，可见它是相当美味了。鲜嫩的豌豆苗极得古人青睐，而它的荚果则更受欢迎。明代《救荒本草》中记录野豌豆：“采角煮食，或收取豆煮食，或磨面制造食用，与家豆同。”

野豌豆为豆科野豌豆属植物，以全草入药。夏季采，晒干或鲜用。味甘、辛，性温。本品祛风除湿，和血调经，祛痰止咳，补肾；捣烂外敷治疗疮肿毒。

白芷：蘼芜白芷愁烟渚

菩萨蛮

（宋）张孝祥

蘼芜白芷愁烟渚，曲琼细卷江南雨。心事怯衣单，楼高生晚寒。

云鬓香雾湿，翠袖凄余泣。春去有来时，春从沙际归。

《离骚》云："昔三后之纯粹兮，固众芳之所在。杂申椒与菌桂兮，岂维纫夫蕙茝？彼尧舜之耿介兮，既遵道而得路。何桀纣之猖披兮，夫唯捷径以窘步。"

意思是：古代先王有德行的统治，才能让朝臣如花盛开。把花椒和菌桂交杂佩带在身上，岂能独戴香蕙和白芷。只有尧舜这般广大神圣的王者，才遵循正道让国事清明；而桀纣这样猖狂不羁的暴君，只贪图捷径，最后落得寸步难行。

诗中所提到的茝便是白芷，白芷是《楚辞》中出现次数最多的一种香草，并且它在《楚辞》中共有六种不同名称，分别为芷、白芷、茝、药、莞和虈。白芷还有不少其他的名字，如苻蓠、泽芬、白臣等。《离骚草木疏》中对白芷的介绍："芷，芳香也，生下湿地，根长尺余，白色枝杆，去地五尺以上，春生叶，相婆娑，紫色，阔三指，许花白，微黄，入伏后结子，立秋后苗枯，一名泽芬。”

白芷因根为白色而得名，植株芳香。茝到了宋代被称为“香白芷”，也是强调其香气。《本草正义》称它“芳香特甚”。白芷的叶子在古代常用于沐浴，沐浴之后令人满身香气。《楚辞芳草谱》中也有记载：“楚辞以芳草比君子而言茝者最多，盖今香白芷也。出近道下湿地，可作面脂，其叶可用沐浴，故曰‘浴兰汤兮沐芳’。”白芷因其有“长肌肤，润泽颜色”的功效，还可以用作日常美容，将白芷碾末可作面脂，有增白滋养之功效。

明代万历御医龚廷贤所著的《寿世保元》载有透体异香丸一方。透体异香丸又名透体气口丸，顾名思义，就是服用后可以使得身体和口气芬芳的药丸。即用沉香、木香、丁香、藿香、没药、零陵香、甘松、缩砂仁、丁皮、官桂、白芷、细茶、香附、儿茶、白豆蔻、槟榔等中药，研末炼蜜成膏，捣为丸，如芡实大。清晨噙化一丸，黄酒送下。据记载，此方主治五膈、五噎、痞塞，诸虚百损，五劳七伤，体气，口气。

白芷为伞形花科当归属植物，主入阳明，芳香通窍，《神农本草经》列白芷为中品，味辛，性温，用以祛风解表、排脓、消肿止痛等。常用于风寒感冒、头痛、鼻塞等症，有散风寒、止疼痛之效。宋代王安石《字说》云：“香可以养鼻，又可养体。”白芷同辛夷、细辛共治，可宣通鼻窍，治疗鼻病。白芷还可以用于祛风止痛，主治“女人漏下赤白，血闭阴肿，寒热，风头（头风）侵目泪出。”《妇人良方》中记载有白芷散，便是用白芷、海螵蛸等制成。

白芷药食同源，《养小录》中记载白芷嫩根“蜜浸，糟藏皆可”，也就是用蜂蜜浸渍或者用酒糟腌制后贮藏起来都可以。白芷可与同样是《楚辞》记载的香草川芎一同炖鱼头，做成川芎白芷鱼头汤，可行气开郁、祛风燥湿；白芷搭配当归、红枣、枸杞等炖鲤鱼，可做成白芷当归鲤鱼汤，能散风除湿、通窍健体。

江离：扈江离与辟芷兮

离骚（节选）

（战国）屈原

纷吾既有此内美兮，又重之以修能。扈江离与辟芷兮，纫秋兰以为佩。汩余若将不及兮，恐年岁之不吾与。

《离骚》中有诗句："纷吾既有此内美兮，又重之以修能。扈江离与辟芷兮，纫秋兰以为佩。汩余若将不及兮，恐年岁之不吾与。"诗人吟唱着，我既有着华美的内在，又有着毓秀的风姿。我身上披着芳香的江离和白芷，又将秋兰做成佩饰。只是时光匆匆不停留啊，唯恐今生遥遥不及。

宋代吴仁杰《离骚草木疏》注："江离，芎藭苗也。"江离又称为芎藭苗。芎藭产地很多，其中最有名且药效最好的产于四川，因此又称川芎。江离在古代亦作"江蓠"。唐代诗人贾岛的《送郑长史之岭南》云："苍梧多蟋蟀，白露湿江蓠。"清代龚自珍的《秋夜花游》云："海棠与江蓠，同艳异今古。我折江蓠花，间以海棠妩。"

川芎花形如同一把撑开的小小白伞，为伞形花科藁本属植物，植株具有极浓郁的香气，因此自古便是重要的香科植物，不少雅人文士将之种植在自己的庭院之中。《离骚草木疏》载江离："四五月间生大叶，似芹而香，或种于园庭，则芬香满庭。"《楚辞》中将川芎用以比喻君子。古人常常佩戴香草，“蘼芜香草，可藏衣中”，川芎便是可以随身携带的香草。《千金翼方》中记载有一味香身方，就是将瓜子、川芎、当归、杜衡、细辛等中药捣筛为散，食用之后，“十日身香，二十日肉香，三十日骨香，五十日远闻香，六十日透衣香”。其药效似乎比透体异香丸还要厉害。

《楚辞》里有大量伞形花科的香草，除了江离，还有白芷等。与白芷一样，在《楚辞》之中，江离出现的频率相当高，如《离骚》中的“览椒兰其若兹兮，又况揭车与江离”，《九章·惜诵》中的“播江离与滋菊兮，愿春日以为糗芳”，《七谏·怨思》中的“江离弃于穷巷兮，蒺藜蔓乎东厢”，《九怀·尊嘉》中的“江离兮遗捐，辛夷兮挤臧”，等等。

川芎味辛、性温，无毒，是重要药材，可活血行气，祛风止痛，常用于月经不调，经闭痛经，癥瘕腹痛，瘀血阻滞等病症。《神农本草经》将之列为上品："主中风入脑，头痛，寒痹，筋挛缓急，金疮，妇人血闭无子。"《本草纲目》云："人头穹窿穷高，天之象也。此药上行，专治头脑诸疾，故有芎䓖之名。"川芎上行头目，下行血海，是治疗血虚头痛的圣药，因此古人有“头痛不离川芎”之说。

川芎可以做成各种美味的药膳，如川芎当归羊肉汤，可活血止眩晕；天麻川芎鲤鱼汤，可健脑补脑，降脂减肥；川芎煮蛋，适用于气滞血瘀的痛经。将川芎根研磨成粉，可煎汤洗头，能加速头部血液循环，让头发润滑，延缓白发生长，并使头发透出芳香气息。

露申：青锦成帷瑞香浓

眼儿媚·席上瑞香

（宋）朱敦儒

青锦成帷瑞香浓。雅称小帘栊。主人好事，金杯留客，共倚春风。

不知因甚来尘世，香似旧曾逢。江梅退步，幽兰偷眼，回避芳丛。

《楚辞》之中，瑞香有个别致的名字，叫作露申。《九章·涉江》有云："鸾鸟凤皇，日以远兮。燕雀乌鹊，巢堂坛兮。露申辛夷，死林薄兮。"诗中说的是有才德的贤良忠贞之士被疏离，奸佞小人却把持着朝堂：鸾鸟和凤凰啊，一天比一天远了，燕雀和乌鹊啊，却把窝筑在庙堂上面。露申、辛夷这样的香草香木，则在丛林杂草中死去了。

这里的露申，就是瑞香。明代周拱辰的《离骚草木史》载："按《花木考》，露申即瑞香花，一名锦薰笼，一名锦被堆。"苏轼在《次韵曹子方龙山真觉院瑞香花》中说瑞香花："幽香结浅紫，来自孤云岑。骨香不自知，色浅意殊深。"又说："纫为楚臣佩，散落天女襟。君持风霜节，耳冷歌笑音。一逢兰蕙质，稍回铁石心。"兰蕙质，铁石心，正是屈原写《涉江》时的心境。

瑞香为瑞香科瑞香属灌木，香气特别浓郁，《长物志》说它"香复酷烈，能损群花"，香气过于浓烈，其他花闻到会枯萎而死，因此瑞香又有"花贼"之称，说它偷了百花之香集于一身之上，香飘千里，因此瑞香又称“千里香”。

瑞香最早出自庐山。《庐山记》记载，宋代时庐山有一个僧人，白天睡在山中石上，睡梦之中闻到了一缕馥郁的花香，醒来之后只觉得快慰无比，于是循香而去，果然找到了一簇小花，便称它为“睡香”。后来世人认为它是祥瑞之兆，便称它为“瑞香”。

《本草纲目》赞瑞香之貌美：“枝干婆娑，柔条厚叶，四时青茂。冬春之交，开花成簇，长三四分，如丁香状，有黄、白、紫三色。”其中也提到“其始出于庐山，宋时人家栽之，始著名”。

瑞香有众多芳香梦幻的名字，如蓬莱紫、风流树、毛瑞香、山梦花等等。它的别名之中，蓬莱紫可谓新颖不凡、令人遐想，而给它命名的正是一代词帝南唐后主李煜。《清异录》记录：“庐山僧舍有麝囊花一聚，色正紫，号‘紫风流’。后主诏取数十根，植于移风殿，赐名‘蓬莱紫’。”庐山上有僧舍旁种有紫色的瑞香花，号为“紫风流”。李煜听说之后，便命人从庐山取了几十根瑞香花来，移植到了移风殿旁，并给它赐名“蓬莱紫”。这个风雅的名字，是因为他在梦中闻到这馥郁香气便如登仙境，仿佛身入蓬莱一般。

花之香气如同人之风骨，因此瑞香很得文人喜爱。宋代词人陈克的《九月瑞香盛开》云：“宣和殿里春风早，红锦薰笼二月时。流落人间真善事，九秋霜露却相宜。”宋代诗人王十朋有《瑞香花》曰：“真是花中瑞，本朝名始闻。江南一梦后，天下仰清芬。”王十朋还作了一首《点绛唇》：“卷帘欹枕，香逼幽人寝。”杨万里赞它“买断春光与晓晴，幽香逸艳独婷婷”，程垓赞它“绀色梁衣春意静，水沈熏骨晚风来”，张孝祥更是盛赞它“仙品只今推第一，清香元不是人间”，清代女词人顾太清赞它“细蕊缀纷纷，淡粉轻脂最可人。懒与凡葩争艳冶，清新。赢得嘉名自冠群”。

《本草纲目》载瑞香以根入药，“其根绵软而香”，味甘、咸，无毒，主治急喉风，用白花者研水灌之。《药性考》载：瑞香“清利头目，齿疼宜含”。瑞香的茎、叶、花均可入药，具有消炎去肿、活血化瘀之功能，民间常用鲜叶捣烂，治咽喉肿痛、牙齿痛、无名肿毒、风湿痛等症。

据说，李时珍在庐山之时，就曾亲眼见过瑞香的功效。庐山东林寺有一小和尚右腮高高肿起，却还忍着痛念经。老和尚见状，便找来一株药草，要小和尚含服在口中，小和尚的肿痛便渐渐消解了。李时珍上前询问，才知这株药草便是瑞香，在亲自辨识验证之后，将之记入了《本草纲目》之中。

芋艿：笑指灰中芋栗香

谢姜宽送芋子

（明）费宏

芋魁相送满筠笼，应念冰盘苜蓿空。

此日蹲鸱真损惠，当年黄独漫哀穷。

蒸时不厌葫芦烂，煨处还思榾柮红。

自是菜根滋味好，万钱谁复羡王公。

芋艿，又称芋头、土芝、蹲鸱等，原产于我国及印度等地区，现全国大部分地区均有栽种。芋艿的叶形如荷叶，韵若芭蕉，十分碧绿宽大。

芋艿的肉质球茎莹洁可爱，营养丰富，蒸熟便可以食用，滋味甘美，是人们十分喜爱的美食，散发着家常的温馨，文人们自然不会错过吟咏它的机会。唐代诗人杜甫的《南邻》中便有："锦里先生乌角巾，园收芋栗未全贫。"宋代诗人范成大的《冬日田园杂兴》也有："莫嗔老妇无盘飣，笑指灰中芋栗香。"明代费宏的《谢姜宽送芋子》亦有："芋魁相送满筠笼，应念冰盘苜蓿空。"在古诗词中，芋头成为素朴生活和温馨情谊的象征。

早在汉代以前，就有了芋艿的栽种。《史记·货殖列传》记载，"蜀卓氏之先，赵人也，用铁冶富。秦破赵，迁卓氏"。其他人家畏惧，"少有馀财，争与吏，求近处”，卓氏则有着远见卓识：“此地狭薄。吾闻汶山之下沃野，下有蹲鸱，至死不饥。民工于市，易贾。”乃求远迁，于是“致之临邛”，成了财可敌国的大富翁。这里的“蹲鸱”指的正是芋艿。卓氏认为芋艿可以填饱肚子，正是因为芋艿富含淀粉的缘故。宋代诗人陆游诗曰：“莫诮蹲鸱少风味，赖渠撑住过凶年。”可别轻视了芋头，灾荒之时，芋头是可以充当粮食的。

宋代民间曾流传一首赞美芋头的歌谣：“深夜一炉火，浑家团栾坐。煨得芋头熟，天子不如我。”全家团团坐着，一起吃着火煨芋头，其乐融融。清代文学家袁枚的《随园食单》记载有好几种芋艿的做法。“芋粉团”云：“魔芋粉晒干，和米粉用之。朝天宫道士制芋粉团、野鸡馅，极佳。”“芋羹”云：“芋性柔腻，入荤入素俱可。或切碎作鸭羹，或煨肉，或同豆腐加酱水煨。徐兆璜明府家，选小芋子，入嫩鸡煨汤，炒极！”“芋煨白菜”云：“芋煨极烂，入白菜心，烹之，加酱水调和，家常菜之最佳者。惟白菜须新摘肥嫩者，色青则老，摘久则枯。”如今各地也有很多关于芋艿的美食，如浙江的桂花糖芋艿、福建的柿霜芋泥等。

芋叶、芋梗、芋头均可入药。芋头味甘、辛，性平，具有解毒散结的功能，可用于医治肿毒、腹中癖块、牛皮癣、烫火伤等。芋叶具有止泻，敛汗，消肿毒之功能。芋梗则可治泻痢、肿毒等。以芋头为主药制成的芋芳丸，还可辅助医治各类癌症。《食疗本草》记载：“芋，主宽缓肠胃，去死肌，令脂肉悦泽。”《本草纲目》记载：“芋子，辛、平、滑，有小毒。宽肠胃，充肌肤，滑中。冷啖，疗烦热，止渴。令人肥白，开胃通肠闭。产妇食之，破血；饮汁，止血渴。破宿血，去死肌。和鱼煮食，甚下气，调中补虚。”

北宋沈括的《梦溪笔谈》记载：“处士刘易，隐居王屋山，尝于斋中见一大蜂，于蛛网，蛛搏之，为蜂所螫坠地。俄顷，蛛鼓腹欲烈，徐行入草。蛛啮芋梗微破，以疮就啮处磨之，良久腹渐消，轻躁如故。自后人有为蜂螫者，挼芋梗傅之则愈。”有一位名叫刘易的书生隐居在王屋山，曾经在庭院之中见到一黄蜂被束缚于蛛网之内，后剧烈挣扎，并螫伤了蜘蛛。蜘蛛受伤坠地，很快腹胀如鼓，于是它缓缓爬行，爬到草丛的芋艿边，咬破芋梗，将伤处在芋梗破裂处轻轻摩擦，便伤愈了。刘易很受启发，从这以后，如果有人被蜂螫伤，刘易便用芋梗来治愈他们。

生芋艿有毒，不能直接食用，若误食可导致口舌发麻、肠胃不适等症状。芋艿不易消化，不可食用太多，食用太多会导致腹胀。芋艿还不能和香蕉、柿子、柑子等同食。

夏

金银花

（清）蔡淳

金银赚尽世人忙，花发金银满架香。
蜂蝶纷纷成队过，始知物态也炎凉。

忍冬：花发金银满架香

忍冬为忍冬科忍冬属常绿缠绕及匍匐茎的灌木，又名金银花、鸳鸯草。《益部方物略记》记载："鸳鸯草春夜晚生，其稚花在叶中两两相向，如飞鸟对翔。"初生的小花，满生稚气，在春天的一个夜晚悄无声息地生长开来，一蒂二花，花蕊修长探出花瓣之外。在绿叶中两两相对的小花，就像是翩然对翔的飞鸟。唐代女诗人薛涛曾赞它"绿英满香砌，两两鸳鸯小"，也是可爱极了。

金银花是忍冬最为人熟知的名字。金银花于春末夏初开放，花期几乎覆盖整个夏天。金银花初开时是纯白之色，过了一两日之后，便逐渐变成灿然的黄色。黄色就像金子，白色就像银子，黄白两色的花朵成对开放，所以花儿便称为金银花，正如《本草从新》所说："一蒂两花，新旧相参，黄白相映，故呼金银花。"它的藤叶即使到了严寒的冬天也不凋零，第二年夏天又开花，散发着清雅温柔的香气，清代诗人蔡淳的《金银花》赞其"花发金银满架香"。清代赵瑾叔的《忍冬》中咏金银花："金银藤合两鸳鸯，最喜凌冬耐雪霜。"

金银花性寒，味甘，入肺、心、胃经，花、茎、叶均可入药，具有清热解毒、凉血化瘀的功效，自古被誉为清热解毒的良药。《本草纲目》指出："金银花主治寒热身肿，解毒，久服轻身、延年、益寿。"金银花药食同源，可以用做食疗，将它煮汁酿酒饮用，可延年益寿。

夏日用金银花泡水做茶饮，微苦回甘，芳气沁人，是自古以来便普遍应用的清热解毒之凉茶。《植物名实图考》载："吴中暑月，以花入茶饮之，茶肆以新贩到金银花为贵。"在广东一带，人们还用金银花、白菊花、木棉花、鸡蛋花、槐花配制成甜香馥郁的凉茶——五花茶，不仅滋味可口，还具有清热解毒、消暑去湿的功效。

不过，因为金银花是一种到处可以见到的小野花，因此古人常常轻视它的作用，少有食用。南朝梁·陶弘景就曾经为它抱不平："忍冬，煮汁酿酒饮，补虚疗风。此既长年益寿，可常采服，而《仙经》少用。凡易得之草，人多不肯为之，更求难得者，贵远贱近，庸人之情也。"

金银花还可以用于治疗"肿毒，痈疽，疥癣，杨梅诸恶疮"。《校注妇人良方》记载有仙方活命饮，具有清热解毒、消肿溃坚、活血止痛的功效，可治一切疮疡，其中也含有金银花。不过金银花除了可以治疗各种疮毒，还可以治疗各种热毒病症，可以祛痘止痒，治疗湿疹。将金银花填入枕头之中，和菊花一样具有安神助眠的功效，还可以预防长痱子。

南宋诗人陆游的《老学庵笔记》里记载："予族子相，少服菟丝子凡数年，所服至多，饮食倍常，气血充盛。忽因浴，去背垢者告以背肿。急视之，随视随长，赤焮异常，盖大疽也。适四、五月间，金银花藤开花时，乃大取，依良方所载法饮之。两日至数斤，背肿消尽。"说明金银花还可解热毒引起的背疽。

金银花清热解毒的功效，在古人笔记中也有记载。北宋张邦基的《墨庄漫录》中记载金银花可解蕈毒。崇宁年间，平江府天平山白云寺有几个和尚在山间采得一丛蕈子，便煮了吃下。不料这蕈子滋味虽然鲜美，但却含有剧毒。到了半夜里，几个和尚都呕吐不止，其中有三个急忙找来金银花藤，也顾不上蒸熟，就这么生吃下去，结果腹痛渐止，毒竟然解掉了。而另外两位和尚不相信金银花能解读，于是不肯吃，不久便死去了。

关于金银花的由来，还有这么一个民间传说。据说从前浙江一个山村，有一对姐妹花，姐姐名叫金花，妹妹名唤银花。姐妹俩感情很好，日日形影不离。不想有一日金花突然浑身发热，遍体红斑，本是花朵儿一般轻巧的姑娘被病魔折磨得憔悴不堪。家人请来乡间郎中诊断，郎中说是无法医治的热毒病。妹妹悲痛不已，她日夜守候在床前，衣不解带地照顾姐姐，因为过于劳累，不幸也染上了热毒病，一病不起。临终前姐妹俩对父母说，千万别伤心了，要是死了，她俩一定要变成一株能治好热毒病的草药，说完姐妹俩同时闭目而逝。父母含泪把她俩合葬在一起。

到了来年春天，金花和银花的坟上竟然真的生出一株茂盛的绿叶山藤，并开出灿然的金色花朵和洁白的银色花朵，像是姐妹俩嫣然的笑脸。父母想起金花和银花的临终之言，于是将之入药医治热毒病，果然疗效显著。为了纪念这对姐妹，从此，人们便把这种花称为金银花。

杜若：山中人兮芳杜若

九歌·山鬼

（战国）屈原

若有人兮山之阿，被薜荔兮带女罗。既含睇兮又宜笑，子慕予兮善窈窕。乘赤豹兮从文狸，辛夷车兮结桂旗。被石兰兮带杜衡，折芳馨兮遗所思。余处幽篁兮终不见天，路险难兮独后来。表独立兮山之上，云容容兮而在下。杳冥冥兮羌昼晦，东风飘兮神灵雨。留灵修兮憺忘归，岁既晏兮孰华予。采三秀兮于山间，石磊磊兮葛蔓蔓。怨公子兮怅忘归，君思我兮不得闲。山中人兮芳杜若，饮石泉兮荫松柏。君思我兮然疑作。雷填填兮雨冥冥，猨（yuán）啾啾兮又夜鸣。风飒飒兮木萧萧，思公子兮徒离忧。

屈原的《九歌·山鬼》，通篇是山鬼内心的独白。山鬼是山中的神女。她披着薜荔，系着女萝，驾着赤豹，紧跟着文狸，以辛夷为车，桂花饰旗，去赴一个约会。她还拈着石兰、杜衡一类的香花，想送给山中的人。

“山中人兮芳杜若，饮石泉兮荫松柏。君思我兮然疑作。”山鬼爱上了那山中的人，那人就像杜若般芳洁。她站在松柏的树荫下，饮着石下的清泉，心中又是甜蜜，又是忧愁。那人说他在想她，可总是约而不来。他是否真的思念着她？她一边在山中采灵芝，一边含情流盼，嫣然一笑，等待着她的恋人。她相信他会爱上她文静美好的样子。

可是心上人却没有如约前来：风雨来了，她痴心地徘徊又徘徊，却是望穿秋水等不到那熟悉的身影；天色晚了，心上人还没有回来，雷声滚滚，烟雨蒙蒙，猿鸣啾啾，夜色沉沉。她心中思慕不已，独自一人静默悲伤。

杜若这种香草，除了在《山鬼》之中出现外，在《楚辞》其他诗篇中也出现了多次，如《湘君》曰："采芳洲兮杜若，将以遗兮下女。"《湘夫人》云："搴汀洲兮杜若，将以遗兮远者。"宋代谢翱在《楚辞芳草谱》解道："杜若之为物，令人不忘搴采而赠之，以明其不相忘也。"采杜若相赠，是希望对方不要忘了自己的深情厚谊。

在山鬼心中，那如"芳杜若"一般的山中恋人，始终没能按约前来相会。这里的芳杜若，就是芳香的杜若的意思。汉代王逸的《楚辞章句》中注："杜若，楚蘅也，生阴地，苗似山姜，花黄，赤子，赤色，大如棘子，中似豆蔻，又辛香，绝似旋覆根，殆欲相乱，但叶小耳。"说这杜若又名楚蘅，嫩苗与山姜相似，开黄色花儿，结红色果子，散发出辛辣的香气。宋代苏颂《本草图经》则说："杜若似山姜……正是高良姜。"认为杜若就是高良姜。

高良姜相对于杜若这个雅美得不食人间烟火的名字，有几分厚实的亲切感。高良姜常生于路旁、山坡草地，它主要以干燥根茎入药，多为夏末秋初采挖。味辛，性热，无毒，有温胃止呕、散寒止痛之功效，可解酒毒，消宿食，主治胃中冷逆、霍乱腹痛、转筋泻痢、反胃呕食等症。明代李时珍《本草纲目》记载，高良姜可"健脾胃，宽噎膈，破冷癖，除瘴疟"。又载："噫逆胃寒者，高良姜为要药，人参、茯苓佐之，为其温胃，解散胃中风邪也。"

高良姜的果子为球形橘红色蒴果，另有个诗意的名字，叫作红豆蔻，经常用来象征爱情。南宋范成大《桂海志》记载："红豆蔻花丛生，叶瘦如碧芦。春末始发，初开花抽一干，有大箨包之，箨拆花见。一穗数十蕊，淡红鲜妍，如桃杏花色。蕊重则下垂如葡萄，又如火齐璎珞及剪彩鸾枝之状。每蕊有心两瓣，人比之连理也。"红豆蔻炒过之后也可入药，"善醒醉，解酒毒"。

阮郎归

（清）王国维

女贞花白草迷离，江南梅雨时。阴阴帘幙万家垂。穿帘双燕飞。

朱阁外，碧窗西。行人一舸归。清溪转处柳阴低。当窗人画眉。

女贞：女贞花白草迷离

女贞这个名字，让人想起《红楼梦》中的妙玉，气质美如兰，才华馥比仙，有一种清丽贞静之美，让人心底既怜又敬。

女贞是木犀科女贞属植物，果实叫作女贞子，俗名叫作冬青。《本草纲目》记载："此木凌冬青翠，有贞守之操，故以女贞子状之。"到了冬天，其他树木的树叶都已凋零、枝叶枯败，女贞子依然郁郁葱葱、青碧可爱。因此，古人为它取名女贞，是因取其凌冬不凋、四季常青之意。

女贞开的是白色小花，一簇簇如雪如霜，因此王国维词中有"女贞花白草迷离"之句。女贞花散发浓郁的芬芳，如同某种好茶的香气一般。女贞的果实即女贞子，成熟后为黑色小果，便如一串一串乌黑发亮的黑珍珠一样。

女贞原产于中国，是我国土生土长的药用植物。关于女贞的来历也有一个有趣的民间传说：相传古代，江浙临安府有一员外，膝下只有一女，性格温柔，容貌端庄，又颇有才学。求亲者慕名而来，员外家的门槛都快被踏破了，但姑娘全都看不上眼。原来，姑娘早已与家中的教书先生两情相悦，私订终身；但员外却嫌弃教书先生一贫如洗，于是将爱女许配给县令为妻。岂知姑娘性格刚烈，她不愿嫁给县令，出嫁那天竟然一头撞死在闺房。

教书先生闻听姑娘殉情，悲恸欲绝，水米不进，不久便憔悴不堪，须发皆白。过了几年，他到姑娘坟前拜祭，见坟上长出一棵青碧之树，已经结出了果实。教书先生便摘了几枚果子放入口中，嚼碎咽下，只觉滋味又甜又苦，一缕清气沁入丹田之中，精神为之一振。他心中认定，这是姑娘给他的馈赠，于是每天都来这棵树前摘果子吃。不久，他感到自己的身体渐渐健壮起来，一照镜子，连之前早白的头发也转黑了。他于是再次来到树前，手抚树皮，吟道："此树即尔兮，求不分离兮。"这棵树就是女贞树，他所吃的果子，就是女贞子。从此，女贞子便开始被人们作为药物使用了。

女贞子味苦、甘，性凉，可补肝肾，强腰膝，用于肝肾阴虚的目暗不明、视力减退、须发早白、腰酸耳鸣及阴虚发热等。《本草纲目》记载，女贞子可"补中，安五脏，养精神，除百病。久服，肥健轻身不老。强阴，健腰膝"。

女贞子配熟地、菟丝子、枸杞等同用，可治目暗不明；女贞子配墨旱莲、桑葚等同用，可治须发早白，《本草纲目》载"久服发白再黑，返老还童"。中成药二至丸，就是由旱莲草和女贞子两味中药组成，主要用于肝肾阴虚而导致的头昏眼花、腰膝酸软、须发早白等症。女贞子配地骨皮、生地黄等同用，可治阴虚发热。

女贞子还可以被制成养生药膳，与猪肉、鸡蛋、猪肝、香菇、茼蒿、胡萝卜等多种食物一起食用。平常我们可以将女贞子、枸杞子、菊花煎水饮用，有养肝明目之功效，可用于肝肾阴虚、眼目干涩或视力减退。

芣苢：开州午日车前子

答开州韦使君寄车前子

（唐）张籍

开州午日车前子，作药人皆道有神。

惭愧使君怜病眼，三千馀里寄闲人。

《诗经》中的《周南·芣苢》篇，是一群妇女在采集车前草时随口唱的短歌："采采芣苢，薄言掇之。采采芣苢，薄言捋（luō）之。"芣苢便是车前草。芣苡这个名字非常美，仿佛是从《诗经》走出来的布衣女子，满蕴山野的灵气，眉目间清纯得有如春天里一片寂静的风景。

遥远的一个春日，一群女子一边采着碧绿的车前草，一边惬意地唱着一支回环往复的简单的歌："采了又采车前草，快点把它拾起来。采了又采车前草，快点把籽抹下来。"习习的春风吹着，吹在她们脸上、身上，也吹在嫩嫩的车前草上。

这是一首听起来很惬意的小诗，音律清婉，节奏轻快。清代方玉润在《诗经原始》中说："读者试平心静气涵咏此诗，恍听田家妇女，三三五五，于平原旷野、风和日丽中，群歌互答，余音袅袅，若远若近，忽断忽续，不知其情之何以移，而神之何以旷。"的确，轻轻诵读此诗，眼前忽然铺展开一幅田园风景画，一群朴素勤劳的女子在山野间欢快地劳动。

车前草这个名字，相比较于芣苢，则少了几分古雅的诗意了。车前草是车前科车前属多年生草本植物，叶及种子均味甘，性寒，无毒，可做菜肴。《诗经》中的女子采摘车前草，不仅采摘它的嫩叶，还采摘它的种子。因为车前草的嫩叶和种子可以做菜吃，也可以做药用，有利尿、镇咳、止泻等作用。

古人相信车前草的种子即车前子可以治疗不孕，令人有子。《名医别录》中载："男子伤中，女子淋沥，不欲食。养肺，强阴益精，令人有子，明目，疗赤痛。"但后来的医家通过临床经验发现，车前子并没有治疗不孕的功效，《本草纲目》记载车前子"导小肠热，止暑湿泻痢"，并说车前草"食其实宜子孙者，谬矣"。

车前草耐贫耐旱，所以，在道路的两旁都长满了这种植物。马车走在路上，轮子滚动之时，旁边就是这种青碧的草儿，所以这种植物就有了这个名字——车前草。《本草纲目》记载："此草好生道边及牛马迹中，故有车前……之名。"唐代的张籍在《答开州韦使君寄车前子》中写道："开州午日车前子，作药人皆道有神。惭愧使君怜病眼，三千馀里寄闲人。"诗中不仅写了车前子的产地、收获季节，还写出了它的功效。

关于车前草的名字来源还有这样一个传说：西汉名将霍去病在一次抗击匈奴的战争中，被匈奴人围困。正值六月，天气极热，水源又不足，许多人出现了病症，小便淋漓不尽、尿赤尿痛，面部浮肿。霍去病焦急之际，有一位马夫忽然发现所有的战马居然都安然无恙，于是赶紧报告给他。霍去病仔细观察，发现战马们经常低下头食用长在战车前面的一种野草。

霍去病心想：难道这野草竟然是一味奇药？他立即命令将士们用这种野草煎汤服下。将士们喝下汤药之后，竟然真的痊愈了，于是士气大涨，一鼓作气打败了匈奴，得胜而归。霍去病大喜，将这种野草取名为车前草。将士们之所以痊愈，是因为车前草具有解毒止泻的功效。

使君子：白白红红墙外花

使君子花

（宋）无名氏

竹篱茅舍趁溪斜，白白红红墙外花。

浪得佳名使君子，初无君子到君家。

使君子这个名字，也是相当别致了，像徐长卿、杜仲、刘寄奴一样，仿佛都透着中药的温厚之意。

念着“使君子”三个字，不由得想起《诗经》里的“言念君子，温其如玉”。对了，后来金庸据此在《书剑恩仇录》中写有“谦谦君子，温润如玉”之句，倒更为人知。

使君本是汉代称呼太守、刺史所用，在汉代以后则用作对州郡长官的尊称，《陌上桑》中便有“使君从南来，五马立踟蹰”之句。后来，使君也用来对男子的尊称。

使君子这个名字，听起来便如一风度翩翩的谦谦君子，眉目清秀。这样的使君子，也许只有女贞子才能配得上。而使君子实际上却是如此美丽的一种植物，是要美过女贞子的。

使君子春末夏初开花，开出的花儿相当美貌，“红色轻盈如海棠”，浓密如少女头发的枝叶中伸出簇簇细长的花管，每个花管尽头都绽放着一朵红红白白的小花，花分五瓣，每一瓣都是柔和的卵形。风一吹来，使君子枝叶与花朵轻轻摆动，姿态优美，仿佛一个温厚纯良的人，一举一动都让人觉得舒服而熨帖。

使君子花和木芙蓉花一样，是可以变色的。夜晚的时候，使君子花为纯白之色，到了清晨，转为淡粉之色，随着时间推移，颜色逐渐加深，到了下午，变成鲜红之色，然后到了晚上，又变回了洁白之色。不同的时间，不同的花色吸引了不同的昆虫前来采蜜。曾有调查发现，晚上采蜜的是飞蛾，而早晨和白天采蜜的分别是蜜蜂和蝴蝶。

这样的植物，配上这样的名字，便像是清秀少女着青衫女扮男装，别出心裁地令人眼前一亮，有遮掩不住的秀媚丽色。宋代无名氏便作过一首《使君子花》的诗："竹篱茅舍趁溪斜，白白红红墙外花。浪得佳名使君子，初无君子到君家。"

关于使君子的来历，据说是为了纪念一位叫作郭使君的郎中。《本草纲目》载："俗传潘州郭使君疗小儿多是独用此物，后医家因号为使君子也。"

相传北宋年间，潘洲有位郎中郭使君，他精通医道药理，为人善良厚道，深受乡邻的尊敬。有一天，他上山采药，被一种从未见过的植物果实所吸引。他将果实的外壳剥去尝了尝，发现其味道甘淡，却有芳香之气，于是摘了一些带回家。因采回的果实尚未干透，他担心药物放久了会变质发霉，便将果实放在锅中炙炒。很快，锅里便飘出香气来，整个屋子里都香气满溢，年幼的孙子嚷着非要吃。郭使君无奈之下，又想起自己已经食用过一枚果实，并无异状，于是便拣出炒熟的四五枚给孙子吃。

第二天早晨，孙子在上厕所时连声呼唤他，他赶过去询问，原来孙子竟然排出几条蛔虫。郭使君想到有可能是那采回的果实起了奇效，于是又取出十余枚果实让孙子吃了，不久，孙子又顺利地排出几条蛔虫。从此，郭使君确定这植物果实的确可以驱虫。后来，凡遇到虫积、疳积的患儿，郭使君就酌量使用这种果实去医治，多获良效。人们为了纪念这位医生，就给这种药起了一个动听的名字——使君子。

使君子别名舀求子、史君子、四君子，是使君子科使君子属攀缘状灌木，果实入药，味甘，性温，无毒，为有效的驱蛔药之一。《本草纲目》中记载：“凡杀虫药多是苦辛，惟使君子、榧子甘而杀虫，亦异也。凡大人小儿有虫病，但每月上旬侵晨空腹食使君子仁数枚，或以壳煎汤咽下，次日虫皆死而出也。或云：七生七煨食亦良。此物味甘气温，既能杀虫，又益脾胃，所以能敛虚热而止泻痢，为小儿诸病要药。”使君子的果实炒熟之后服下，滋味甘温，又能杀虫，对脾胃有好处。《医宗粹言》就记载使君子“慢火煨香熟用”。

桑树：密叶柔条绿更腴

桑

（宋）陶梦桂

密叶柔条绿更腴，几年培植费工夫。

牡丹剩费医治力，曾有丝毫利益无。

桑在《诗经》里是出现得最多的植物意象，在305篇诗作之中，桑的出现多达22篇。《小雅·隰桑》是小雅中的名篇，讲述的是一个女子对一个男子的深沉思恋与不自禁的喜悦，可以说是一首关于暗恋的诗歌。这首诗应该是她采桑时唱的，因此就以桑树来起兴。古代的桑林是男女幽会相悦的场所，于是桑也成了一种浪漫的植物。

“隰（xí）桑有阿，其叶有难。既见君子，其乐如何。隰桑有阿，其叶有沃。既见君子，云何不乐。隰桑有阿，其叶有幽。既见君子，德音孔胶。心乎爱矣，遐不谓矣？中心藏之，何日忘之！”

她轻轻地吟唱着那桑树的茂密与美丽、桑叶的丰绿与脆嫩，走在这碧绿清新的桑林之中，她仿佛与这桑林融为一体。诗中的“有阿”“有难”“沃”“幽”，既是写桑树及桑叶的柔嫩优美，其实也是暗示女子青春的美貌。女子的手轻巧地采着桑叶，眼神却悄悄落在了迎面而来的一个人身上，在看到他的瞬间，她的心宛如一枝开在春风里的花，喜气洋洋，于是她又低唱，见着了我的人，怎么不心花开放，怎么会不如胶似漆难以分离。在诗歌的最后，她又品尝到这暗恋的甜蜜与痛苦，不禁叹道：只能在心底偷偷地爱恋着，为什么自己总胆怯不敢提，深深地藏在心里，哪一天才能忘记?

采桑叶是古时女子重要的工作内容，《国风·豳风·七月》中有“女执懿筐，遵彼微行，爰求柔桑”：一位少女，背着一个细长的筐子，身姿曼妙地走在乡间的小路上采取桑叶。仅仅一个身姿，便风情万种。这在《魏风·十亩之间》也有体现，一群采桑女用歌声彼此召唤一起回家，诗里都是少女盈盈的笑意与劳动过后的轻松与欢喜：“十亩之间兮，桑者闲闲兮。行与子还兮。十亩之外兮，桑者泄泄兮。行与子逝兮。”

后世采桑曲也风行一时。南朝《西曲歌》中有《采桑度》，是当时流行在长江流域和汉水流域的曲子，也为女子采桑时所唱：“蚕生春三月，春桑正含绿。女儿采春桑，歌吹当春曲。冶游采桑女，尽有芳春色。姿容应春媚，粉黛不加饰。”“春月采桑时，林下与欢俱。养蚕不满百，那得罗绣襦。”

《国风·卫风·氓》里则讲述了一个男子始乱终弃的故事。《氓》以桑起兴，明亮的基调到后来却渐渐转为黯淡，实际上讲述的是一个悲哀的故事：少女年长色衰，终于被抛弃。物是人非之后，他是否还记得，她年轻时如桑一般水澈灵秀的容颜，一颦一笑皆是清丽不可方物，初见时是怎样惊艳了他的心。诗里面写道：“桑之未落，其叶沃若。于嗟鸠兮，无食桑葚。”意思是桑树叶子未落时，绿意盈盈缀满枝头。那些斑鸠儿呀，别把桑葚吃嘴里，否则会甜得醉倒过去。这里也是用鲜嫩的桑叶和甜美的桑葚来比喻青春貌美的少女。桑在诗里所表现的，依然是美好的意象。

桑是桑科桑属落叶乔木或灌木，叶子呈柔和的卵形，常用来喂蚕，也可以入药。桑叶味苦、甘，性寒，具有疏散风热、清肺润燥、清肝明目之效。以桑叶、杏仁、栀皮等为原料制成的桑杏汤，可用于燥邪伤肺所致的咽痒干咳。桑叶还可与黑芝麻同用，可治疗肝肾阴虚所致目暗不明、视物昏花之症。《唐本草》记载：“水煎取浓汁，除脚气、水肿，利大小肠。”《本草拾遗》：“细锉，大釜中煎取如赤糖，去老风及宿血。”《日华子本草》：“利五脏，通关节，下气，煎服。除风痛出汗。”《本草纲目》则记载：“桑叶乃手、足阳明之药，汁煎代茗，能止消渴。”正因为桑叶有如此多的功效，它又有“神仙草”的美称。人们还将桑叶制成各种美食，如桑叶抹茶、桑叶面、桑叶甜饼等。

桑的果实又叫桑葚。熟透了的桑葚呈紫黑色，密密地结在桑树上，如微型的小葡萄一般。桑葚性凉，味甘、酸，可以生吃，可以酿酒，也可以做成桑葚百合大枣粥等滋补药膳，为滋补强壮、养心益智的佳果，有黑发明目、补血滋阴、生津止渴的功效。《本草纲目》赞其“久服不饥，安魂镇神，令人聪明，变白不老”。《救荒本草》则记载其多种吃法：“采桑椹熟者食之；或熬成膏摊于桑叶上晒干，捣作饼收藏；或直取椹子晒干，可藏经年，及取椹子清汁，置瓶中封三二日即成酒，其色味似葡萄酒甚佳。亦可熬烧酒，可藏经年，味力愈佳。”人们还将黑桑葚、黑枸杞、黑豆、黑蒜、黑芝麻等制成小吃乌圣糕，不仅口感醇厚甜美，还有补肾养肾、生津润燥的作用。

荩草：采绿谁持作羽觞

碧筒饮

（元）张雨

采绿谁持作羽觞，使君亭上晚樽凉。

玉茎沁露心微苦，翠盖擎云手亦香。

饮水龟藏莲叶小，吸川鲸恨藕丝长。

倾壶误展琳琅袖，笑绝耶溪窈窕娘。

诗经中有《小雅·采绿》，极富一唱三叹之美："终朝采绿，不盈一匊（jū）。予发曲局，薄言归沐。终朝采蓝，不盈一襜（chān）。五日为期，六日不詹。之子于狩，言韔（chàng）其弓。之子于钓，言纶之绳。其钓维何？维鲂及鱮（xù）。维鲂及鱮，薄言观者。"

"终朝采绿"是说整天都在采摘荩草，"绿"指的就是荩草。荩草枝叶可煮成黄色染料，并入药。那女子整整一天在外面采荩草，却采了一捧还不到。为什么呢？因为心里思念着那个远行的人，他什么时候才能回来呢？在一片轻盈碧绿的漫地芳草中，女子的思念也被涤荡得轻灵通透。

她有一下、没一下地摘采着荩草，间或在风里发着呆。因此，采摘到手里的荩草，始终只有小小的一捧。她忽然发现，因为长久的思念，她也无心梳头，鬓发蓬松，实在太不成样子，于是，她便起身回去，准备好好装扮一下。

后面的一小节，则是说“终朝采蓝”，这个“蓝”指的是蓼蓝。整整一天在外面采蓼蓝，却是一衣兜也没采满。因为那个人说的五天就回来，结果六天了，他还未归，他什么时候才回来呢?

虽然是思念，可是在大自然中的思念，过滤了一切焦虑。而在大自然中的劳动又把沉闷消解了，因而这思念是通透的，明朗的，意蕴深长的。女子并未因思念而忽略自己或迷失自己，也未一味陷在情绪里走不出来。她忽然意识到，自己该好好装扮一下了。

《诗经》里的相思，大多如此，如同大自然里随意生长的“绿”和“蓝”，充满了蓬勃而健康的生气。

因为《诗经》里的这首素美的诗，“采绿”也成为文人心中的风雅之词。后来“采绿吟”也成为一个词牌名，为周密自度曲：“采绿鸳鸯浦，画舸水北云西。槐薰入扇，柳阴浮桨，花露侵诗。点尘飞不到，冰壶里、绀霞浅压玻璃。想明榼、凌波远，依依心事寄谁。移棹舣空明，苹风度、琼丝霜管清脆。咫尺挹幽香，怅岸隔红衣。对沧洲、心与鸥闲，吟情渺、莲叶共分题。停杯久，凉月渐生，烟合翠微。”不过这里的采绿已经脱离了《诗经》里的原意了，指的是采荷叶。周密在词前的序中写道：“放舟于荷深柳密间。舞影歌尘，远谢耳目。酒酣，采莲叶，探题赋词。”

荩草为禾本科荩草属植物，别称菉竹，味苦，性平，无毒，《神农本草经》记载，荩草可主治久咳上气喘逆，久寒惊悸，痂疥，白秃疡气，杀皮肤小虫。《药性论》曰：“治一切恶疮。”

枇杷

（明）沈周

谁铸黄金三百丸，弹胎微湿露漙漙。
从今抵鹊何消玉，更有饧浆沁齿寒。

枇杷：谁铸黄金三百丸

枇杷因果子形状似琵琶乐器而得名，原产于我国，古名叫卢橘。苏轼诗中“罗浮山下四时春，卢橘杨梅次第新”中的卢橘并不是橘子，而是枇杷。

枇杷秋冬开白色小花，唐代羊士谔有诗曰：“珍树寒始花，氛氲九秋月。佳期若有待，芳意常无绝。袅袅碧海风，濛濛绿枝雪。急景自馀妍，春禽幸流悦。”在他笔下，枇杷树如亭亭少女，无意争春，在清素之秋孕育花蕾，在隆冬之时才迎着雾雪开放，而在春日里结出丰美之果，令流莺喜悦而鸣。明代《群芳谱》称赞枇杷：“秋荫，冬花，春实，夏熟，备四时之气，他物无与类者。”

因为枇杷在秋冬开花，在春夏结果，枇杷果实的成熟比其他水果都早，因此被称是“果木中独备四时之气者”。枇杷果生得十分可爱，圆溜溜的憨头憨脑的样子，如弹丸一般大小，像黄杏一样的颜色。一个个枇杷果，像是一柄柄美人怀中抱过的琵琶，可是又小巧玲珑，掌上可见。它的肉质十分细腻柔软，甘甜多汁，不仅营养丰富，还可作为药用，主要用于治疗肺热和咳嗽、久咳不愈、咽干口渴及胃气不足等病症。

明代沈周诗云：“谁铸黄金三百丸，弹胎微湿露漙漙（tuán）。从今抵鹊何消玉，更有饧浆沁齿寒。”这就是“吃货”一枚了，专门称赞枇杷果之沁人心脾。沈周喜爱吃枇杷，有一次，他收到朋友送来的一盒礼物，附有一信，上说：“敬奉琵琶，望祈笑纳。”他十分好奇，这盒子小巧玲珑，如何放得下琵琶，于是打开盒子一看，却忍俊不禁。原来，朋友送来的是一盒新鲜清香的金黄枇杷，他写了错别字，把“枇杷”误作“琵琶”了。沈周忍不住笑给朋友回信：“承惠琵琶，开奁视之：听之无声，食之有味。”朋友见信，知道自己闹了笑话，一时不好意思，便作打油诗自嘲：“枇杷不是此琵琶，只为当年识字差。若是琵琶能结果，满城箫管尽开花。”

枇杷果“止渴下气，利肺气，止吐逆，主上焦热，润五脏”，枇杷花治“头风，鼻流清涕”，枇杷叶治“卒啘不止，下气”。中医认为，枇杷果有祛痰止咳、生津润肺、清热健胃之功效。《宋氏养生部》记载有枇杷煎，是一道蜜饯的美食：“摘黄者，每斤盐一两、矾六钱，用水渍之。同时易水洗，去皮核，蜜煮甜，日暴透，以蜜渍。”枇杷还可以用文火熬煮，再加冰糖制成枇杷膏，加上雪梨一起熬制，口味则更加清隽。枇杷叶味苦性凉，入药有清热、润肺、止咳化痰等功效。民间常用枇杷叶治咳，效果更在枇杷果之上；但枇杷叶必须去掉那一层细密的绒毛，不然会加重病情。《新修本草》载，用枇杷叶“须火炙，布拭去毛，不尔，射人肺，令咳不已”。枇杷叶蒸制其叶取露，取名“枇杷叶露”，有清热、解暑热、和胃等功效。

莲藕：忽惊仙骨在泥涂

赐藕

（明）李东阳

只向名花看画图，忽惊仙骨在泥涂。轻同握雪愁先碎，细比餐冰听却无。

郭北芳菲怀故里，江南风味忆西湖。渴尘此夜消应尽，未羡金茎与玉壶。

莲藕是毛茛目睡莲科水生植物荷花的根茎，滋味甘芬，甜脆满颊，可以直接生食，也可以做成菜肴，如切成块与排骨同炖，炖成滋补的莲藕排骨汤等，则是日常生活中人们喜食的美味佳肴。

莲藕不仅味美，其药用价值也相当高，南朝梁·陶弘景《名医别录》载："生藕性寒，能生津凉血；熟藕性温，能补脾益血。"莲藕生用性寒，甘脆清凉，生吃鲜藕能清热解烦，解渴止呕。煮熟的莲藕则性温，能滋阴健脾，益血补心，还能通便止泻。

莲藕散发着独有的清香，还有开胃之效，若是人们食欲不振、消化不良，吃莲藕便能减轻甚至解除不适之状。莲藕具有凉血、散瘀之功，因此女性生产之后忌吃生冷，却可不忌莲藕。

宋代赵溍的《养疴漫笔》记载，宋孝宗年轻时喜欢吃蟹，某年秋风起，蟹儿肥，孝宗放开大吃，结果得了痢疾，每天泄泻不止。御医诊疗开方，但都不见效，宋高宗为此感到忧心。有一日，宋高宗偶然见街旁有严姓小药铺，差人去问能否治痢疾。药铺主答自己正是这方面的专家，宋高宗即宣其进殿为孝宗治病。

药铺主进宫来，详细诊断之后，知道宋孝宗极爱吃螃蟹。螃蟹虽然味美，但性极阴寒，多食则损伤脾胃，久而久之则引起冷痢；但御医们却以热痢下药，显然药不对症。药铺主思索之后，便采来新鲜莲藕，将其放入金杵臼内捣烂取汁，再调和以温酒让宋孝宗缓缓服下。服了几次后，宋孝宗渐觉身轻体健，果然痊愈。

见儿子病情好转，宋高宗大喜，将捣药用的金杵赐给了药铺主，还封他作了医官。明代缪希雍的《本草经疏》也有藕能解蟹毒的记载。

莲藕在国内的栽种比较广泛，江南苏州的莲藕尤为有名，在唐代时就列为贡品，色白如雪，有“雪藕”之称，诗人韩愈曾有“冷比雪霜甘比蜜，一片入口沉痾痊”之赞。

在江南地区，莲藕还可以做成各种精致美食，比如说藕粉、蜜饯和糖片。在《红楼梦》第四十一回，就有藕粉的出场：“丫鬟便去抬了两张几来，又端了两个小捧盒。揭开看时，每个盒内两样：这盒内一样是藕粉桂糖糕，一样是松穰鹅油卷；那盒内一样是一寸来大的小饺儿……”

用莲藕制成藕粉，能消食止泻，开胃清热，滋补养性，预防内出血，是滋补佳品。《本草纲目拾遗》称：“冬日掘取老藕，捣汁澄粉，干之，以刀削片，洁白如鹤羽，入食品。先以冷水少许调匀，次以滚水冲入，即凝结如胶，色如红玉可爱，加白糖霜掺食，大能和营卫生津。”《随息居饮食谱》亦云：“老藕捣浸澄粉，为产后、病后、衰老、虚劳妙品。”

江南一带喜食桂花糖藕，用莲藕、糯米、桂花为料制作而成，以桂花之馥郁，配以莲藕之清甜，再加上糯米的温厚，实在是极佳的美味，又有补益气血、健脾开胃之效，因此为人们所喜爱。

石榴歌

（唐）皮日休

蝉噪秋枝槐叶黄，石榴香老愁寒霜。
流霞包染紫鹦粟，黄蜡纸裹红瓠房。
玉刻冰壶含露湿，斓斑似带湘娥泣。
萧娘初嫁嗜甘酸，嚼破水精千万粒。

石榴：石榴香老愁寒霜

石榴为落叶灌木或小乔木，叶子倒卵形或长椭圆形，夏季开红、白、黄色花，别名沃丹、安石榴、若榴、丹若、金庞、涂林、天浆等。石榴的果实也叫石榴。

古人写夏日，很多都会写到石榴，宋代诗人杨万里的《初夏即事十二解》中便有“却是石榴知立夏，年年此日一花开”之句。虽然夏季是绿荫芳草胜花时，但是有了石榴花的灼灼明艳，才有夏日的欢快与热烈扑面而来。郭沫若就曾称石榴是夏天的心脏。

石榴其实并不止有红色，《本草纲目》记载：“榴五月开花，有红、黄、白三色。”石榴花的颜色有大红、桃红、橙黄、粉红、白色等多种颜色，大红色的最多。五月石榴花开，因此五月又称“榴月”。大红色的石榴花十分艳丽，就像燃烧的火一般明艳。唐代杜牧写石榴花：“似火山榴映小山，繁中能薄艳中闲。”唐代白居易写石榴花：“日射血珠将滴地，风翻火焰欲烧人。”古人喜欢在庭院中种上一两棵石榴，以取其红火之意。宋代诗人戴复古的《山村》中便有：“山崦谁家绿树中，短墙半露石榴红。”

石榴为汉代张骞从西域引进。西晋·张华的《博物志》云：“汉张骞出使西域，得涂林安石国榴种以归，故名安石榴。”关于张骞引进石榴还有一个传说。张骞奉旨出使西域，来到安石国，他的住所前有一棵花开正艳的石榴树。张骞对石榴树很是爱护，有空时便培植石榴树，为其浇灌。这年秋季，石榴树结出累累果实，张骞也要回国了。就在回国的前一天晚上，张骞忽然见到一位红衣女子推门而入，表示愿与他同去中原。张骞愕然不解，正颜拒绝。

第二天，张骞启程回国，请求带走了这棵石榴树；但在途中，张骞一行人却遭遇了匈奴人的拦截，众人奋力杀出重围时却把那棵石榴树遗落。回到长安，张骞正要进宫面圣，忽听背后有一女子在喊："天朝使者，叫我赶得好苦呀！"张骞回头一看，正是那位红衣女子披头散发地赶来，便惊异地问她为何千里迢迢地追赶他。那女子垂泪说道："路途被劫，奴婢不愿离弃您，就一路追来，以报答昔日的浇灌之情。"说完便倏地消失，化为一棵枝繁叶茂、果实累累的石榴树。汉武帝知道后大喜，命人把石榴树移植到了御花园。从此，石榴又叫作"安石榴"。

元代马祖常作有一首《赵中丞折枝图·石榴》："乘槎使者海西来，移得珊瑚汉苑栽。只待绿荫芳树合，蕊珠如火一时开。"这首诗不仅把石榴的来源一语道尽，也描写了石榴花的灼灼其华。

石榴花可入药，可治疗心热吐血，亦敷金疮出血。《本草纲目》记载："九窍出血，石榴花揉，塞之取效。"石榴皮有止血功能，可用于治疗久泻、久痢等症。石榴叶也有收敛、止泻、杀虫的功效。

石榴花可散瘀止痛，敷于面上又可养颜润肤。它还可以入馔，宋代范成大的《桂海虞衡志》载："石榴花，南中一种，四季常开。夏中既实之后，秋深忽又大发花，且实。枝头硕果罅裂，而其旁红英粲然，并花实，折饤（dìng）盘筵，极可玩。"如今，云南那边还有石榴花炒腊肉等菜式。

石榴花还可以酿酒。魏晋南北朝出现了榴花酒，梁元帝萧绎在《刘生》中便有"榴花聊夜饮，竹叶解朝酲"之句。北周·王褒在《长安有狭斜行》中也有"涂歌杨柳曲，巷饮榴花樽"之句。宋时崖州人也以石榴花酿酒，《方舆胜览》载："崖州妇人着缌缏，以土为釜，器用匏瓢，无水，人饮惟石汁。以安石榴花着釜中，经旬即成酒，其味香美，仍醉人。"

石榴果比石榴花更受欢迎。石榴果籽多，晶莹的籽粒极饱满，一粒一粒地紧紧挤在果皮之内，因此在中国文化中石榴也有多子的寓意。石榴果的药用价值和食疗价值都很大。《本草纲目》记载，石榴果实有甜、酸、苦三种。甜石榴甘、酸，温，涩，无毒；酸石榴酸，温，涩，无毒，都具有生津明目、润肺止咳、收涩止泻的功效，可主治咽喉燥渴、赤白痢、腹痛等症。酸石榴入药效果更佳。如果平日里宿醉或者饮酒过度，可适度吃点石榴，能缓解酒醉症状。石榴还可以减轻贫血症状，预防偏头痛。秋燥之时饮用石榴汁，可生津止渴。

红石榴的籽是晶莹的淡红色，爱美的女子可以把它和蜂蜡一起做成鲜艳润泽的润唇膏。《本草纲目》还记载了一种白籽石榴，其籽莹澈如水晶者，味亦甘，谓之水晶石榴。石榴滋味虽美，却不可多食，否则损肺、齿而生痰涎。

西瓜：年来处处食西瓜

西瓜园

（宋）范成大

碧蔓凌霜卧软沙，年来处处食西瓜。

形模濩（huò）落淡如水，未可蒲萄苜蓿夸。

西瓜为葫芦科西瓜属草本植物。西瓜的原生地在非洲，最早由埃及人种植西瓜，后来逐渐北移，大约五代时由西域传入我国，所以称之为“西瓜”。

据欧阳修的《新五代史》记载，五代时胡峤侨居契丹七年，吃到西瓜之后得西瓜种子，带到中原培育，“结实大如斗，味甘，名曰西瓜”。西瓜就这样在中国落地扎根了。

《本草纲目》记载：“其棱或有或无，其色或青或绿，其瓤或白或红，红者味尤胜。其子或黄或红，或黑或白，白者味更劣。”西瓜皮大多为青绿色，果瓤有红、白两色，红瓤色如胭脂，滋味更美。西瓜子则有黄、红、黑、白四种颜色，白者味道最差。

西瓜味美多汁，因其性寒，又名寒瓜，为盛夏佳果。西瓜可清热解暑，除烦止渴，在口渴汗多、烦躁不已之时，吃上一块西瓜，症状便立刻可以得到缓解。西瓜还可以疗喉痹，宽中下气，利小水，治血痢，解酒毒。含着西瓜的汁水，还可以治疗口疮。因此，西瓜又有“天生白虎汤”之称，白虎汤为解热退烧的经典名方。

但西瓜也不宜多吃，吃多了容易伤脾胃。《本草纲目》记载：“西瓜、甜瓜皆属生冷，世俗以为醍醐灌顶，甘露洒心，取其一时之快，不知其伤脾助湿之害也。”其中还引用了元代李鹏飞《三元参赞延寿书》中的病例：“防州太守陈逢原，避暑食瓜过多，至秋忽腰腿痛，不能举动。遇商助教疗之，乃愈。”

在古代，关于西瓜的诗词并不多。宋代方回的《秋大热上七里滩》有“西瓜足解渴，割裂青瑶肤”之句，便是赞美西瓜多汁解渴之功。宋代方一夔的《食西瓜》云：“恨无纤手削驼峰，醉嚼寒瓜一百筒。半领花衫粘唾碧，一痕丹血掐（tāo）肤红。香浮笑语牙生水，凉入衣襟骨有风。从此安心师老圃，青门何处问穷通。”将吃西瓜时的情景以及吃完后的惬意之感刻画得入木三分。

西瓜因其味美，很得人们喜爱。江南一带有做西瓜灯的习俗，将西瓜瓜瓤去掉，雕上精致花纹，再在西瓜内部放上蜡烛，夜晚点上蜡烛，便绿意盈盈，花纹隐隐，颇具美感。小孩子们提着西瓜灯在街道上嬉戏，有时还会把西瓜灯放入水中，变成西瓜水灯。有些地方还有制作西瓜灯比赛的活动。

明代《滇南本草》的作者兰茂，也是一个医术高明的医者。有一天，有人赶来求医，说家中患者病势十分严重。兰茂到了患者家中，见患者躺在床上，脸皱如苦瓜，身体干瘦，嘴里喘着粗气，家人在床边哭成一团。兰茂看过患者之后，却没事一般走到门外的菜园子，东张西望，好像在寻找什么，患者家属询问，兰茂答曰：“找西瓜。”家人十分诧异：患者危急成这样子，医生却在找西瓜？兰茂解释道，患者得的是热证，西瓜清热解毒，吃了西瓜病就好了。邻居听闻之后，送来西瓜，患者吃了后，疾病果然好了。从此，兰茂名声更响了。

新鲜的西瓜汁外敷还具有美容效果，可滋润皮肤，并达到防晒与增白之效。因此，女子若使用西瓜汁作为化妆水擦脸，会使得面部肌肤光滑细嫩。

西瓜皮又名“西瓜翠衣”，是药食同源的食材，可腌渍制成蜜饯和果酱，也可以做成西瓜霜这样的药物。西瓜霜是防治咽喉肿痛的中药。将西瓜切开上端，取出瓜瓤，装入硝石、芒硝等，搅拌均匀后封口，再置阴凉通风处，瓜皮外渗出的霜，即为西瓜霜。

西瓜皮除了可以食用，外用还可起到护肤止痒的作用，可治疗痱子，辅助治疗晒伤。

菖蒲：菖蒲酒美清尊共

渔家傲

（宋）欧阳修

五月榴花妖艳烘，绿杨带雨垂垂重。五色新丝缠角粽，金盘送，生绡画扇盘双凤。正是浴兰时节动，菖蒲酒美清尊共。叶里黄骊时一弄，犹瞢松，等闲惊破纱窗梦。

菖蒲这个名字的意思便是蒲类之昌盛者。《吕氏春秋》云："冬至后五十七日，菖始生。菖者百草之先生者，于是始耕。则菖蒲、昌阳又取此义也。"菖蒲感知春意，先于百草而生，因而得名，可谓是一种"耐苦寒，安淡泊"的植物。

菖蒲生于水边，碧青茂密，叶形如剑，故称"蒲剑"，又因近水而生，而名"水剑"。菖蒲如果是生在野外，则浓密而润泽；如果是放在厅堂，则别有一番飘逸之姿，其色青碧欲滴，给人以清凉舒心之感。因此，菖蒲自古以来就深得人们的喜爱。明代文震亨还将菖蒲定为花草四雅之一："花有四雅，兰花淡雅，菊花高雅，水仙素雅，菖蒲清雅。"

人们还把农历四月十四定为菖蒲的生日，"四月十四，菖蒲生日，修剪根叶，积海水以滋养之，则青翠易生，尤堪清目。"

晋代嵇含的《南方草木状》记载："番禺东有涧，涧中生菖蒲，皆一寸九节。

安期生采服，仙去，但留玉舄（xì）焉。”汉代刘向的《列仙传》也取了这个传说，只是记录得更为详细：“安期先生者，琅琊阜乡人也。卖药于东海边，时人皆言千岁翁。秦始皇东游，请见，与语三日三夜，赐金璧度数千万。出于阜乡亭，皆置去，留书，以赤玉舄一双为报，曰：‘后数年求我于蓬莱山。’”

说的是有一位名叫安期生的人，在番禺东的山涧服食了菖蒲，便成仙而去，只留下了一双玉鞋。后来，有人看到他在东海边卖药，历经多年依然容颜不老，人们大为惊讶，称他为“千岁翁”。（传说他有一枚大枣，就像瓜那么大，要煮三天三夜才熟，香飘十里，人若有病痛，闻了就会痊愈。）

秦始皇东游之时，听说了有这么一个神奇的“千岁翁”，于是希望能够见到他，最后派人找到了他。秦始皇与安期生谈了三天三夜，对他非常敬重，便赏赐了金钱、玉璧给他，共计数千万。安期生却弃而不取，飘然而去，不知所踪。临走时，他留下了一封书信和一双赤色的玉鞋给秦始皇，说：“过几年到蓬莱山来找我吧。”（蓬莱山是神话传说中的神山之名。）秦始皇后来就派人去蓬莱山求取不老仙药，只是再也找不见安期生。

估计就是因为这个安期生服菖蒲成仙的传说吧，古人把菖蒲当作神草，《仙经》更是称它为“水草之精英，神仙之灵药”。唐代诗人张籍写过一首《寄菖蒲》：“仙人劝我食，令我头青面如雪。”也是神化了菖蒲，意思是食用菖蒲会让人青春永驻。南宋林洪的《山家清供》记载有神仙富贵饼，即用白术和菖蒲做成：“白术用切片子，同石菖蒲煮一沸，曝干为末，各四两。干山药为末三斤，白面三斤，白蜜炼过三斤，和作饼，曝干收。候客至，蒸食，条切。亦可羹。”林洪还引用章简公的诗：“术荐神仙饼，菖蒲富贵花。”

菖蒲全株都具有浓烈香气。每逢端午时节，古人都会悬菖蒲、艾叶于门、窗，饮菖蒲酒，以祛避邪疫，因此，宋代欧阳修的词中便有“菖蒲酒美清尊共”之句，五月的别称“蒲月”也由此而来。夏、秋之夜，人们也会燃菖蒲、艾叶，驱蚊灭虫。《红楼梦》第三十一回，“这日正是端阳佳节，蒲艾簪门，虎符系臂。午间，王夫人治了酒席，请薛家母女等赏午”，这里的蒲艾正是指菖蒲与艾草。

古人夜读，也常在油灯下放置一盆菖蒲，除了菖蒲枝叶潇洒清雅，最重要的原因就是菖蒲具有吸附空气中微尘的功能，可免去灯烟熏眼之苦。而菖蒲叶上在夜晚容易凝结露珠，晶莹剔透，如同忧伤的眼泪一般。宋代僧人释惠明的一首《咏菖蒲》便感叹："根下尘泥一点无，性便泉石爱清孤。当时不惹湘江恨，叶叶如何有泪珠？"

古人认为这菖蒲露大有奇效，将之滴入眼中，可以让眼睛保持清润，以达到清热明目的效果。明代医药学家李时珍的《本草纲目》即言："柏叶上露，菖蒲上露，并能明目，旦旦洗之。"明代养生学家高濂的《遵生八笺》中也有记录，说文人们喜欢用菖蒲露擦拭双目来润眼。

菖蒲为天南星科菖蒲属植物，全株都具有毒性，不适合药食同源，只能入药。其根化痰，开窍，健脾，利湿。历代中医典籍均把菖蒲根茎作为益智宽胸、聪耳明目、祛湿解毒之药。

萱草

（明）高启

幽华独殿众芳红，临砌亭亭发几丛。
乱叶离披经宿雨，纤茎窈窕擢熏风。
佳人作佩频朝采，倦蝶寻香几处通。
最爱看来忧尽解，不须更酿酒多功。

萱草：幽华独殿众芳红

萱草是《诗经》里久远的吟唱。在《卫风·伯兮》里，丈夫久役不归，妻子想念着他，禁不住相思难遣，于是决定去找一棵萱草种在堂前，好让它减轻自己难捱的思念："焉得谖草？言树之背。愿言思伯，使我心痗（mèi）。"

这里的谖草，指的便是萱草，"谖"为忘忧之意。《博物志》中记载："萱草，食之令人好欢乐，忘忧思，故曰忘忧草。"李九华的《延寿书》中也有记载："嫩苗为蔬，食之动风，令人昏然如醉，因名忘忧。"所以萱草又名忘忧草。

萱草别名众多，除了"忘忧草"，还有"金针""黄花菜""宜男草""疗愁""鹿箭"等名字。晋代周处所著的《风土记》云："怀妊妇人佩其花，则生男，故名宜男。"意思是怀孕的女子如果佩戴萱草之花，便可生下男孩，因此萱草也被称为"宜男草"。这当然没有科学依据，只是反映了人们对萱草的信赖与期盼。

清代"蕉园七子"之一的才女毛媞，出身于书香之家，自小醉心读书与写作，"刻苦吟诗，积稿盈帙"，著有《静好集》。她和丈夫徐邺琴瑟和鸣，但年近四十还没有生孩子。有一天，毛媞家中举行花下雅集，来了不少闺秀诗人。毛媞小姑见庭院之中生了不少橙黄色的萱草花，在风中摇曳袅娜，于是便折了一枝递给了她，建议她吟咏这"宜男草"，祈祷自己能早日怀上孩子。毛媞则不以为然地回答："诗乃我神明为之，即我子矣！"她认为，她的作品是她的精神和心血所化，可以说就是她的孩子。毛媞“以诗为子”的故事也就因此传开了，成了一则佳话。

萱草花容明艳，花色鲜丽，如日光灼灼耀眼，可以说植物中的美人儿，的确一见之下便让人心中愉悦。萱草和木槿一样朝开暮谢，一朵花儿只开一天，因此开得极为认真。一枝花箭上有十几朵到几十朵花苞，这朵谢了那朵又接着开了，一代新花换旧花。因此，在漫长的花期里，总能看到萱草花，但是今天看到的已经不是昨天那朵了，尽管是一样的明亮鲜艳。

三国时的诗人曹植就曾写诗云萱草“光采晃曜，配彼朝日”，晋代文学家夏侯湛为它作赋“远而望之，烛若丹霞照青天；近而观之，晔若芙蓉鉴绿泉”，宋代词人苏轼曾作诗赞它“萱草虽微花，孤秀能自拔。亭亭乱叶中，一一芳心插”，明代诗人高启也称颂它“幽华独殿众芳红，临砌亭亭发几丛”。可见萱草之美，让大才子们也为之赞叹不已。

这本是系着古典爱情的萱草花，后来成为中国的母亲之花。《诗经疏》称“北堂幽暗，可以种萱”，古代游子如果要远行离家，便会在北堂（母亲居住的房间）种上萱草。若母亲因思念儿女而心情低落，在北堂种萱草可以慰藉慈母之心。正因为萱草身上有这样美好的寄托，因此以此为典歌咏萱草的诗词很多。唐代诗人聂夷中写道：“萱草生堂阶，游子行天涯。慈亲倚门望，不见萱草花。”宋代词人叶梦得诗云：“白发萱堂上，孩儿更共怀。”元代诗人王冕吟道：“今朝风日好，堂前萱草花。持杯为母寿，所喜无喧哗。”

萱草是百合科萱草属植物，黄花萱草是萱草属植物中可以做菜食用的一种，也就是黄花菜。观赏类的大花萱草则含大量的秋水仙碱，不能食用。明代王象晋的《群芳谱》记载了一味萱草花馔：“采花入梅酱。砂糖可作美菜，鲜者积久成多，可和鸡肉，其味胜黄花菜。彼则山萱故也。”其实就是用萱草花、梅酱、砂糖，做成一盘萱草扣鸡。山中的萱草花得风露滋养，属于野味了，滋味比黄花菜更美。

黄花萱草花也可以入药，其性凉、味甘，可清热利尿，凉血止血，适合气郁体质的人食用。据《本草纲目》记载，其花苗有除酒疸、利湿热、宽胸膈、安五脏、安寐解郁、轻身明目等作用。其根则有利水、凉血之效。《本草求真》谓:“萱草味甘而气微凉，能祛湿利水，除热通淋，止渴消烦，开胸宽膈，令人心平气和，无有忧郁。”若女性有产后抑郁，奶水不足，周身水肿之症，即可用萱草进行治疗。此外，萱草还可以用于治疗急性传染性肝炎、腮腺炎、乳腺炎等症。

晓出净慈寺送林子方

（宋）杨万里

毕竟西湖六月中，风光不与四时同。
接天莲叶无穷碧，映日荷花别样红。

荷花：映日荷花别样红

荷花为毛茛目睡莲科水生植物，又称莲花、芙蕖、水芝、水芙蓉、菡萏、芙蓉、六月春、水芸、红蕖、水华、溪客、碧环、玉环、鞭蓉、鞭蕖、水旦……每个名称都是“婀娜别致处，清雅飘香来”。

清代蒲松龄《聊斋志异》中的荷花三娘子，是一个美丽清雅的花之精灵，塾馆先生宗湘若爱上了荷花的精灵，却被狐女所惑，他慈心一动，放走了狐女。狐女为了报恩，指引他如何寻找心中所爱：“宗如言，至南湖，见荷荡佳丽颇多，中一垂髫人衣冰縠（hú），绝代也。促舟劘（mó）逼，忽迷所往。即拨荷丛，果有红莲一枝，干不盈尺，折之而归。入门置几上，削蜡于旁，将以爇（ruò）火。一回头，化为姝丽。”宗湘若与荷花三娘子过了几年神仙眷侣的生活，荷花三娘子还为他生下一个玉雪可爱的孩儿。后来，有一天，荷花三娘子告诉宗湘若，两人缘分已尽，就此飘然而去。

宗湘若怅惘不已，“检视箱中，初来时所着冰縠帔尚在。每一忆念，抱呼‘三娘子’，则宛然女郎，欢容笑黛。并肖生平，但不语耳。”冰雪聪明的荷花精灵惊艳现身之后便翩然而逝，只有一缕芳香萦绕人间。

唐代陆龟蒙写过一首《白莲》：“素花多蒙别艳欺，此花端合在瑶池。无情有恨何人觉？月晓风清欲堕时。”这素雅的白色荷花，不如红色荷花艳丽，很少有人欣赏到。其实，这白荷冰清玉净，理应是瑶池仙品。即使无人赏识，它自开自落，与清风明月作伴，娉娉婷婷，又何在乎有没有人欣赏呢?

南宋词人葛立方曾填有两首《卜算子》，其中有句“叶叶红衣当酒船，细细流霞举”，则是歌咏红色荷花了。词中所谓酒船乃是一种船形的酒杯，为宋人敬酒时专用。由此可知，筵席上还曾把红色的莲花瓣当作酒杯，在花瓣中注满美酒，将花香融于酒气之中。

古人不仅把荷花当酒杯，还常用荷花来酿酒。《仙杂记》记载，唐人常“编香藤为俎，刳椰子为杯，捣莲花制碧芳酒”，也就是将荷花捣碎浸入酒中，做成清凉芳醇的荷花酒，风雅之士给这个荷花酒取了个好听的名字，叫作“碧芳酒”。

明代高濂在《遵生八笺》中记载莲花曲：“莲花三斤，白面一百五十两，绿豆三斗，糯米三斗，俱磨为末，川椒八两，如常造踏。”将荷花先制成曲饼，再酿酒浆。清代徐珂在《清稗类钞》中则记载了莲花白，是直接用白荷花花蕊来酿酒，其芳香醇厚，即使是琼浆玉液也比不过：“瀛台种荷万柄，青盘翠盖，一望无涯。孝钦后每令小阉采其蕊，加药料，制为佳酿，名‘莲花白’，注于瓷器，上盖黄云缎袱，以赏亲信之臣。其味清醇，玉液琼浆不能过也。”

清代顾禄的《清嘉录》记载，“夏之白莲”如“春之玫瑰”“秋之木犀”一样，可供日常“和糖、春膏、酿酒、钓露之需”。也就是说，在往昔，白荷花常被做成荷花塘、荷花酱、荷花酒以及荷花露，日常饮食中，人们对它的喜爱不下于玫瑰和桂花。

《日华子本草》记载，有一种莲花饮可“镇心，益色驻颜”。它的食用方法，便是将适量干荷花放入杯中，用沸水冲泡，其实就是荷花茶了。莲花饮味甘苦，性偏凉，夏日饮之，芬芳又清凉，并具有清热养颜、活血止血的功效，适用于虚热、心烦、失眠、容颜失健者。

元代著名画家倪瓒首创莲花茶，其制作方法比莲花饮更为风雅韵致：清晨荷花含苞之时，轻轻把花苞打开，把茶叶放入蕊中。经过一天一夜，荷花中的茶叶已经熏染了荷花的清香，第二天清早便摘下莲花，倾出茶叶，用纸包好，晒干。如此反复几次，等茶叶完全浸润了荷花香时，莲花茶就制成了，“不胜香美”。清代《浮生六记》中芸娘用荷花制成花茶的方法，也是从倪瓒的莲花茶而来：“夏月荷花初开时，晚含而晓放。芸用小纱囊撮茶叶少取，置花心。明早取出，烹天泉水泡之，香韵尤绝。”

古人不仅喜食荷花，还喜爱使用荷花上的露水。古人认为花之露水积聚了天地的精华与灵气，所谓荷露茶，就是用荷叶上的露水煮的茶。乾隆皇帝喝荷露茶后，曾写下一首《荷露煮茗》：“平湖几里风香荷，荷花叶上露珠多。瓶罍（léi）收取供煮茗，山庄韵事真无过。”

荷花性温，味苦甘，无毒。《本草纲目》记载，荷花有活血清心、祛湿消风、化瘀解毒、清热解暑等功效。元代宫廷饮膳太医忽思慧《饮膳正要》认为，服莲花有奇妙的养生功效：“七月七日采莲花七分，八月八日采莲根八分，九月九日采莲子九分，阴干食之，令人不老。”乾隆年间手抄本《罗氏会约医镜》认为，荷花有清心益肾、黑头发、驻颜色等功用。

雨过山村

（唐）王建

雨里鸡鸣一两家，竹溪村路板桥斜。
妇姑相唤浴蚕去，闲着中庭栀子花。

栀子：闲着中庭栀子花

柔软芳香的栀子花绽放，意味着夏日的来临。栀子花和桂花一样，是以香气闻名的花儿，但与温厚平和的桂花香气不一样，栀子花香得那样甜美，那样恣意，如同满捧明亮的阳光。

栀子花的别名很多，因生长在山地，而有山栀之名，山栀之名，更增其天然之美。栀子花还有薝卜、白蟾花、木丹、越桃、鲜支、林兰等别名。清代文学家宋荦（luò）的《游姑苏台记》一文有："夹道稚松丛棘，薝卜点缀其间如残雪，香气扑鼻。"这里的薝卜，就是栀子花。

栀子花是属于山野的植物，不事张扬而满身灵气，便如唐代诗人王建《雨过山村》所描写的那样："雨里鸡鸣一两家，竹溪村路板桥斜。妇姑相唤浴蚕去，闲着中庭栀子花。"山里人家的庭院里，都种着几株雪白的栀子。人们因农忙而离开，栀子花便在庭院之中，寂静地散发着香气。

宋代女词人朱淑真写过一首《水栀子》："一痕春寄小峰峦，薝蔔（zhān bó）香清水影寒。玉质自然无暑意，更宜移就月中看。"在朱淑真的笔下，栀子花玉质冰心，清寒而孤独，月下照水的清影，让人不禁心生怜意。这支临水照影的馥郁栀子，也是女词人自身的写照。

栀子花散发着极浓郁的香气，那香气仿佛是可掬可捧，也可品可嚼的，可用来窨（xūn）茶或提取香料作调香剂。栀子花花瓣雪白丰腴，还可做成各种芳气袭人的佳肴。

南宋林洪的《山家清供》记载："旧访刘漫塘宰，留午酌，出此供，清芳，极可爱。询之，乃栀子花也。采大者，以汤灼过，少干，用甘草水和稀面，拖油煎之，名'薝卜煎'。杜诗云：'于身色有用，与道气相和。'今既制之，清和之风备矣。"林洪有一次拜访好友刘漫塘。好友许久未见，分外亲热，到了中午，刘漫塘便留林洪吃饭喝酒。两人正喝得高兴，酒桌上端上来一盘未曾见过的新鲜菜肴。林洪吃了几口，只觉说不尽的芳香清爽，大为称赏，就询问刘漫塘这是何物。刘漫塘答道，这就是栀子花做成的薝卜煎。做法便是采摘刚刚盛开的大朵栀子花，用开水焯过稍稍晾干，再用甘草水和稀面糊，放在油里煎炸。林洪引杜甫诗句"于身色有用，与道气相和"赞薝卜煎，并道："清和之风备矣。"

明代《遵生八笺》也记载了栀子花的另一种做法："采半开花，矾水焯过，入细葱丝、大小茴香、花椒、红曲、黄米饭，研烂，同盐拌匀，腌压半日食之。用矾焯过，用蜜煎之，其味亦美。"采摘半开的花，用矾水焯过，再加入细葱丝、大小茴香、花椒、红曲、黄米饭一起研磨细碎，再拌上盐，放上半天，便可食用，风味独特。或者把栀子花用矾水焯过，直接用蜜煎煮，滋味也很甜美。明代《群芳谱》又载："大朵重台者，梅酱、糖蜜制之，可作羹果。"大朵栀子花可用梅子酱或者蜂蜜浸渍，做成栀子羹或者蜜饯栀子。清代《养小录》中则是将栀子花做成饼后加盐煎食："用矾焯过，用白糖和蜜入面，加椒盐少许，做饼煎食。"

栀子为茜草科栀子属植物。栀子花性寒，无毒，是药食同源的植物，入食有清凉之感，唇齿间芬芳馥郁。现在也有凉拌栀子花、栀子花炒蛋、栀子花肉片汤等药膳做法。栀子花有泻火除烦，清热利尿，凉血解毒的功效，可治疗肺热咳嗽。《本草纲目》记载，栀子还可治疗鼻中衄血："山栀子烧灰吹之，屡用有效。"

栀子的果实、叶、根都可入药。栀子果味苦、寒，无毒，有清热、泻火、渗湿、凉血功用，主治热病、虚烦不眠、目赤、咽痛、血痢、热毒疮疡等。栀子果在古代为重要的黄色系染料，可染出鲜艳的草木黄色，《汉官仪》记载："染园出栀、茜，供染御服。"因此，栀子又有黄栀、黄栀子之称。栀子叶临冬不凋，有消肿功能，主治跌打损伤。栀子根有清热凉血、解毒功能，主治感冒高热、黄疸型肝炎、吐血、鼻衄等。

茉莉花

（宋）江奎

虽无艳态惊群目，幸有浓香压九秋。
应是仙娥宴归去，醉来掉下玉搔头。

茉莉：幸有浓香压九秋

茉莉花为木犀科素馨属常绿灌木，花朵细小，洁白芬芳，翩然有清幽出尘之感，和栀子一样是少女感十足的清秀花儿。它并不是原生于中国的花儿，《本草纲目》记载："茉莉原出波斯，移植南海，今滇、广人栽莳之。"并赞它"芬香可爱"。

茉莉之美，不在其色，而在其香，有"人间第一香"之美誉。西汉大夫陆贾曾出使广州，广州芳香沁甜的茉莉花香给他留下了深刻印象。后来，陆贾回到长安写下《南越行记》，称赞茉莉："南越之境，百花不香，惟茉莉素馨花特芳香，女子以彩线穿心，以为首饰。"夏天，岭南一带的女子喜欢把它簪在发髻上，或者用细线串之成球挂于衣襟上，周身芬芳浮动，以达到"清香却暑"的效果。宋代苏东坡流放海南时，见黎族女子头上竟簪茉莉，一路摇曳生香，于是写下"暗麝著人簪茉莉"之句。宋代诗人江奎的《茉莉花》（其二）则盛赞茉莉的香气，已经超过了栀子、桂花、玫瑰、梅花等香花，乃是众花之冠："他年我若修花史，列作人间第一香。"

茉莉开在夏日，香气幽冷且留香时长，宋代皇宫就把茉莉作为纳凉之香花。南宋周密的《武林旧事》载，南宋宫中"避暑多御翠寒堂等纳凉，置茉莉、素馨等南花数百盆于广庭，鼓以风轮，清香满殿"。卧室之中放置茉莉，有助于睡眠。刘克庄的《留山间种艺十绝·茉莉》赞茉莉满室生香："一卉能令一室香，炎天尤觉玉肌凉。”宋代许棐（fěi）写有《茉莉》，也是赞美茉莉花香令人心中清凉：“荔枝乡里玲珑雪，来助长安一夏凉。情味于人最浓处，梦回犹觉鬓边香。”明代文震亨的《长物志》亦载：“夏夜最宜多置，风轮一鼓，满室清芬。”

茉莉因其香气，也常用来做点汤、熏茶或者蒸露、酿酒。明代高濂的《遵生八笺》记载有茉莉汤：“将蜜调涂在碗中心，抹匀不令洋流。每于凌晨采摘茉莉花三二十朵，将蜜碗盖花，取其香气熏之。午间去花，点汤甚香。”每日凌晨采摘新鲜茉莉花，放入涂有蜜糖的碗中，让花香浸入蜜之中。过了半天时间，再用沸水冲泡，就可以冲成甜美异常的茉莉汤了。清代《养小录》也有类似记录。

南宋陈景沂在《全芳备祖》中写道：“茉莉或以熏茶及烹茶尤香。”明代朱权所著的《茶谱》记载了花茶的制法，在花绽放之时，摘下半开的花儿，然后一层茶叶一层花儿，放置于瓷罐之中，直到放满，然后密封静置，让花香充分沁入茶叶之内：“茉莉、玫瑰……皆可作茶。诸花开时，摘其半含半放蕊之香气全者，量其茶叶多少，摘花为伴。花多则太香而脱茶韵，花少则不香而不尽美，三停茶叶一停花，始称。假如木樨花……用瓷罐，一层花一层茶，投间至满……”明代诗人钱希言曾以诗描写花茶满帘香的盛况：“门茶时节卖花忙，只选头多与干长。花价渐增茶渐减，南风十日满帘香。”

茉莉也可蒸露做成茉莉露，在文人心中茉莉露可跟蔷薇露相提并论。《全芳备祖》载：“今多采茉莉蒸取其液，以代蔷薇。”宋代蔡绦《铁围山丛谈》载：“五羊效外国造香，则不能得蔷薇，第取素馨、茉莉花为之，亦足袭人鼻观。”茉莉花也可酿成茉莉酒，《快雪堂漫录》中记载了明代配制茉莉酒的方法：“用三白酒，或雪酒色味佳者，不满瓶，上虚二三寸，编竹为十字或井字，障瓶口，新摘茉莉数十朵，线系其蒂，竹下离酒一指许，贴纸固封，旬日香透。”数十朵新鲜茉莉花朵，就这样将馥郁香气浸润到了酒中，每饮一口，都能感到茉莉馨香醉染的花魂。

茉莉花性温，味甘辛，无毒，有清热解毒、辟秽和中之功效，可用于头晕头痛，下痢腹痛，目赤红肿，疮毒。取其干品点茶、泡汤或者用新鲜花朵酿酒，有疏肝理气、生津止渴之功，还可辅助治疗痢疾和疮毒症。用菜油和茉莉花浸剂滴耳，可治疗中耳炎。此外，茉莉花经提炼而成的茉莉花露，有健脾理气、解陈腐气之功效。将茉莉花蒸油取液，可“作面脂头泽”，润泽长发，清香肌肤。

茉莉根也可入药，有麻醉和止痛的作用，《本草纲目》记载：“以酒磨一寸服，则昏迷一日乃醒，二寸二日，三寸三日。凡跌损骨节脱臼接骨者用此，则不知痛也。”

玉簪花

（唐）罗隐

雪魄冰姿俗不侵，阿谁移植小窗阴。
若非月姊黄金钏，难买天孙白玉簪。

玉簪花：雪魂冰姿俗不侵

玉簪花的名字有一种清绝之美，像玉簪一样通透温润的花，带有几分旖旎柔美的闺中情调。而它的花的确也是纤长洁白，像是秀润的簪子一般，很对得起这个名字。玉簪花别名有玉春棒、白鹤花、玉泡花、白玉簪等，也清雅好听。

明代田玉蘅作《玉簪花赋》赞道："拂拂翻荣，亭亭挺素，皓雪凝条，明冰封树。山栀为之抱惭，水仙见而增妒。纵玉井之莲花，亦同行而却步。"清代陈淏子的《花镜》则对玉簪花有一段清美的描述："玉簪花，一名'白萼'。二月生苗成丛，叶大如小团扇，七月初抽茎。茎有细叶十余，每叶出花一朵。花未开时，其形如玉搔头簪，洁白如玉。开时微绽，四出，中吐黄蕊，七须环列，一须独长，香甜袭人，朝开暮卷。"

关于玉簪花的来历，诗词中有很多浪漫的传说，最为广泛的一个说法，玉簪花是天庭之中仙女头上的玉簪落下人间化成的。"王母娘娘瑶池会，众位仙女喝酒醉。头发簪子掉人间，落地生花叫玉簪。"古代这首打油诗说的就是这个故事。

传说当年王母娘娘举行瑶池仙会，邀请天庭中的所有仙女到场。仙女们依次到场，发髻上都插着素净的玉簪，蛾眉颦笑，衣袂飘飘。宴席之中，准备了不少香气扑鼻的琼浆玉液。言笑晏晏之中，众仙女纷纷举杯畅饮。很快，就有不少仙女喝醉了，醉颜酡红，面若桃花。一位仙女不胜酒力，便先行告退。在乘着紫云车回宫之际，头上的玉簪不慎掉落，坠到人间，便化成了一株清丽的植物，这就是冰清玉洁的玉簪花。

北宋著名文学家黄庭坚写了一首《玉簪》，也是在吟咏此事："宴罢瑶池阿母家，嫩琼飞上紫云车。玉簪堕地无人拾，化作江南第一花。"宋代诗人王安石亦写有《玉簪》，意境比黄庭坚的诗更美："瑶池仙子宴流霞，醉里遗簪幻作花。万斛浓香山麝馥，随风吹落到君家。"

玉簪花花容清绝，芳香也是淡雅宜人，是著名的传统香花。南宋诗人虞俦道玉簪花"香在幽兰伯仲间"，与幽兰之香不分上下。南宋诗人尤袤赞道："西风昨夜惊庭绿，满院清香恼杀人。"元代学者虞集则赞道："方田种得新秋玉，万斛浓香属老翁。"清代诗人梁清芬则说，嫦娥丢玉簪化作玉簪花，清香怡人："嫦娥云髻玉簪斜，落地飘然化作花。犹带九天仙子气，清香冉冉透窗纱。"

大约是诗人、词人总说玉簪花是仙女掉落的玉簪所化，因此明代诗人李东阳便写诗打趣，说花神照影的时候都小心翼翼，生怕簪子遗落了，又化成了玉簪花："昨夜花神出蕊宫，绿云袅袅不禁风。妆成试照池边影，只恐搔头落水中。"

玉簪为百合科多年生宿根草本花卉，全株均可入药，花儿入药具有利湿、调经止带之功效，是消肿去瘀、养性提神的妙药，可治疗咽喉肿痛、小便不通、疮毒、烧伤等症。《分类草药性》记载："玉簪花治遗精、吐血、气肿、白带、咽喉红肿。"玉簪根、叶入药也具有清热消肿、解毒止痛的作用。《本草纲目》写道：玉簪根"捣汁服，解一切毒，下骨哽，涂痈肿"。

元代学者虞集晚年得了病，常常胸腹部疼痛。有一日，有一位道士前来拜访他，得知他苦于此病多年，便为其诊治。沉吟一阵后，道士胸有成竹，便约他夜晚到花圃之中。虞集不明其意，夜晚按时赴约。道士见他到来，便摘下几朵花圃中正在盛开的洁白香花，让虞集咀嚼吞下。这样连续几天后，虞集觉得腹中作响，然后顺利解出小便，腹胀随之消失。

道士向虞集解释，此洁白香花便是玉簪花。玉簪花味苦性凉，可以消肿胀、去瘀积，养性提神，而虞集此病症是因为多年伏案劳累而引起的尿道受阻、小腹胀痛，以玉簪花治疗正是对症。

玉簪花儿亦可以做成美食。明代《遵生八笺》记载："采半开蕊，分作二片，或四片，拖面煎食。若少加盐、白糖，入面调匀拖之，味甚香美。"亦可将玉簪花开水浸泡作为茶饮。

木槿花

（宋）金朋说

夜合朝开秋露新，幽庭雅称画屏清。
果然蠲得人间忿，何必当年宠太真。

木槿：幽庭雅称画屏清

《诗经》中的《郑风·有女同车》，是一首贵族男女的恋歌。与倾慕的女子同坐于车中，心中是如何神魂颠倒的欣喜呢?

"有女同车，颜如舜华。将翱将翔，佩玉琼琚。彼美孟姜，洵美且都。有女同行，颜如舜英。将翱将翔，佩玉将将。彼美孟姜，德音不忘。"

那女子生得极美，"颜如舜华"，她如同山野间带着晨露的木槿花，刹那间叫人心旌摇曳。"将翱将翔，佩玉琼踞"，"将翱将翔，佩玉将将"，她体态轻盈优美，乌发衣袂随风飘动，似乎在飞翔，身上佩戴着晶莹温润的美玉，随风叮当作响。用愉悦的心，与所爱之人共乘一辆车，看遍天下风景，这是最幸福的事吧。即使只是一段短暂的路程，而她那容颜举止，也已留在心中。

据说这首诗描写的是春秋时期身为卫庄公夫人、齐国公主的著名美女庄姜。以工笔来细细描画美人的绝代容颜，最早的恐怕是《诗经》上的"手如柔荑，肤如凝脂，领如蝤蛴，齿如瓠犀，螓首蛾眉，巧笑倩兮，美目盼兮"了，这首诗赞美的也是庄姜。这样一位绝世美人，只有那温婉清丽、秀美绝伦的木槿花才能比拟她的美貌。

这首诗中的"舜华"和"舜英"，都是指的木槿花。"舜"即"瞬"，得自于"仅荣一瞬"之意，木槿花朝开幕谢，瞬间之荣，来去匆匆。因此，舜华便是一瞬之风华，舜英即是转瞬成落英。

木槿为锦葵科木槿属落叶灌木，植株不高，叶子是三角状卵形，夏季开花，一直开到秋天，花期时花苞繁多，常开不败，有“夏日无穷花”的美称。《礼记·月令》中载：“鹿角解，蝉始鸣，半夏生，木槿荣。”夏至时，木槿最盛。木槿的蒴果则是卵圆形，毛茸茸的小小一颗，算不上好看。木槿的魅力全在于花儿。

木槿花朝开暮谢，每一朵花的寿命只有一天，花儿早上盛放。花色有白色、紫色、粉红色、蓝紫色等，鲜妍明媚，到了晚上便收拢花瓣，缩成一枚小小的花筒从枝头凋落。因此，它又有一个名字——朝开暮落花。唐代诗人李商隐的《槿花》中就有“风露凄凄秋景繁，可怜荣落在朝昏”的诗句；但枝头新的花苞又鼓鼓的，准备第二天清晨开放，所谓“槿花不见夕，一日一回新”。唐代诗人李白曾经作《咏槿》赞道：“园花笑芳年，池草艳春色。犹不如槿花，婵娟玉阶侧。芬荣何夭促，零落在瞬息。岂若琼树枝，终岁长翕赩。”

木槿花的别名极多，除了朝开暮落花之外，还有椈树花、大碗花、朝菌，等等。因为它生命力强，耐寒又耐热，还耐修剪，因此，在湖南、湖北以及四川一带的农家里，经常用木槿花来做篱笆，不仅细密牢固，木槿的繁茂花儿点缀在篱笆上，也令人赏心悦目，成了农家少女美好的回忆——“不愁日暮还家错，记得芭蕉出槿篱”，因此，木槿花又叫作篱障花、清明篱。清代才女任崧珠在《登楼》一诗中赞木槿道：“疏篱木槿娟娟艳，极浦沙鸥点点明。笑我题诗无健笔，倚栏敲句愧难成。”

木槿的花儿是可以吃的，因此又别名白饭花、猪油花、饭汤花、肉花、花奴玉蒸。木槿花是药食同源的植物，花汁具有止渴醒脑的作用，花瓣可以和面油煎，也可以煮汤炒肉，滋味鲜美可口，并有清热凉血的功效。早在晋代，人们已经开始食用木槿花，晋代顾微的《广州记》云：“平兴县有华树似槿又似桑，四时常有花，可食，甜滑无子。”所记录的也是木槿花，食之甜滑。宋代范成大的《桂海虞衡志》中记载了木槿花的一种吃法：“有红、白二种，叶似蜀葵，采红者连叶包裹黄梅，盐渍，暴干以荐酒，故名。”采集红色的木槿花（连叶）包裹着黄梅子，用盐渍过，然后晒干，便可以作为下酒菜了，这个下酒菜还有个风雅的名字——裹梅花。如今也可把木槿花做成酥炸木槿花、木槿花炒蛋、木槿花炖肉等多种佳肴。

木槿嫩叶可做茶饮，有助眠之效；根可清热解毒，根皮和茎可杀虫止痒，果实可清肺化瘀。

凝露堂前紫薇花两株每自五月盛开九月乃衰（其一）

（宋）杨万里

似痴如醉弱还佳，露压风欺分外斜。
谁道花无红十日，紫薇长放半年花。

紫薇：紫薇长放半年花

紫薇为千屈菜科紫薇属小乔木，别名百日红、满堂红、痒痒树等。紫薇花有红、淡红、白、紫四种颜色，但以紫色为正色，故统称紫薇。

紫薇开花时正当夏秋季节，烈日炎炎，百花委顿，唯有紫薇精神百倍，花枝招展。并且，紫薇的花期极长，从盛夏一直开到深秋，花期有百日之多，因此紫薇花又称“百日红”，赢得了“盛夏绿遮眼，此花红满堂”的赞语。宋代诗人杨万里也写诗赞道：“似痴如醉弱还佳，露压风欺分外斜。谁道花无红十日，紫薇长放半年花。”

紫薇花色极明丽，像是生性爽朗的少女，树身纤细，且光滑无皮。如果人们轻轻抚摸一下其干，花叶会颤动不已，如怕痒似的，因此又叫作“痒痒树”“怕痒花”，正是“紫薇花开百日红，轻抚枝干全树动”。

清代《广群芳谱》对紫薇花有这样的评价：“一枝数颖，一颖数花，每微风至，夭矫（yāo jiǎo）颤动，舞燕惊鸿，未足为喻。唐时省中多植此花，取其耐久且烂漫可爱也。”因为紫薇的烂漫可爱，唐代开元元年，朝廷便改中书省为紫微省，中书令曰紫微，以花名为官名，是因为当时中书省署内广植紫薇树的缘故，倒也风雅有趣。

唐代诗人白居易写过一首诗：“丝纶阁下文书静，钟鼓楼中刻漏长。独坐黄昏谁是伴？紫薇花对紫微郎。”白居易时任中书侍郎，中书令为紫薇令，中书侍郎也就是名副其实的紫薇郎了。彼时他风华正茂，紫薇花对紫微郎，颇有悠然自得之意。不过，人生总是出乎意料。人到中年，白居易却被贬官，降为江州司马。这年夏天，他在浔阳官舍中又邂逅了一丛开得明亮亮的紫薇花。此处的紫薇花明艳不下长安，然而白居易的心境却截然不同。他又写下了一首关于紫薇花的诗，开篇便说“紫薇花对紫微翁，名目虽同貌不同”，以“紫微翁”自嘲。接下来，他依然夸赞了紫薇在夏日的独领风骚：“独占芳菲当夏景，不将颜色托春风。”

宋代杨万里也喜爱紫薇花，曾写过一首小诗：“路旁野店两三家，清晓无汤况有茶。道是渠侬不好事，青瓷瓶插紫薇花。”洁净清澈的青瓷瓶中，插上一枝极艳丽的紫薇花，“青瓷瓶插紫薇花”所勾勒出来的画面，能瞬间点亮人的视线。

紫薇的花、叶、根、皮均可入药。紫薇花味微酸，性寒，有清热解毒、活血止血等功效。《滇南本草》记载紫薇花可治产后血崩不止，《岭南采药录》记载紫薇花可治小儿烂头胎毒。《湖南药物志》中提到紫薇叶水煎服可治白痢，捣烂敷或煎水洗可治湿疹。紫薇根可以用来治疗痈肿疮毒、牙痛、痢疾等症。

秋

瑞鹧鸪·双银杏

（宋）李清照

风韵雍容未甚都，尊前甘橘可为奴。
谁怜流落江湖上，玉骨冰肌未肯枯。
谁教并蒂连枝摘，醉后明皇倚太真。
居士擘开真有意，要吟风味两家新。

银杏：玉骨冰肌未肯枯

银杏系银杏科银杏属落叶乔木，最早出现于石炭纪，当时广泛分布于北半球，直到第四纪冰川运动，绝大多数银杏类植物濒于绝种，唯有我国的银杏树奇迹般地保存下来。所以，银杏又被称为“活化石”“植物界的熊猫”。

银杏的叶子很特别，既像一把把小扇子，又像鸭掌，因此得名“鸭脚”。又因果实形似小杏而果肉均呈淡白色，故呼为白果或银杏。银杏及其果实的别名很多，除了这几个名字，还有公孙树、史前树、飞娥树、凤果、仁杏、鸣果、玉果等名字。银杏树形优美，树干挺拔，春夏季叶子青葱嫩绿，秋季则变成金灿灿的，宛若黄金一般，很是好看。

虽然在我国银杏是独有而特别存在，但是在汉代江南一带银杏树已较为常见。唐代诗人王维曾作诗咏曰：“文杏裁为梁，香茅结为宇。不知栋里云，去作人间雨。”宋代词人苏东坡则作词赞道：“四壁峰山，满目清秀如画。一树擎天，圈圈点点文章。”但是直到宋代，人们才开始食用银杏。

宋代文学家欧阳修在汴京为官时，有一年秋天，好友梅尧臣从安徽宣城托人捎了一百颗银杏送给他。他收到后，为表谢意，写了一首《梅圣俞寄银杏》：“鹅毛赠千里，所重以其人。鸭脚虽百个，得之诚可珍。问予得之谁，诗老远且贫。霜野摘林实，京师寄时新。封包虽甚微，采掇皆躬亲。物贱以人贵，人贤弃而沦。开缄重嗟惜，诗以报慇勤。”梅尧臣见诗后也和了一首《依韵酬永叔示予银杏》作答：“去年我何有，鸭脚赠远人。人将比鹅毛，贵多不贵珍。虽少未为贵，亦以知我贫。至交不变旧，佳果幸及新。穷坑我易满，分饷犹奉亲。计料失广大，琐屑且沉沦。何用报珠玉，千里来殷勤。”

千古第一才女李清照也曾以银杏为题，作有一首《瑞鹧鸪·双银杏》：“风韵雍容未甚都，尊前甘橘可为奴。谁怜流落江湖上，玉骨冰肌未肯枯。谁教并蒂连枝摘，醉后明皇倚太真。居士擘开真有意，要吟风味两家新。”银杏的风姿气韵都不够雍容华贵，橘子虽然甜美，堪称银杏的奴婢。这枝双蒂银杏被人采下，流落成为人们的盘中之果，却仍然玲珑晶莹如在树上时，倔强着不肯枯萎，有谁会怜它呢？这对银杏并蒂而生的形象，恰似杨玉环与唐明皇。居士擘开连理果，情真意切，两人分亨，品尝风味，香美清新，心心相惜。

银杏入食晚，入药则更晚。《本草纲目》记载：“银杏宋初始著名，而修本草者不收。近时方药亦时用之。”作为药用的银杏，最早收录于元文宗时吴瑞的《日用本草》一书，称之有敛肺、定喘、止遗尿、止白带等功能，生者降痰消毒较好，熟者定喘截水较佳。

后世儒生们考秀才、举人、进士时，因考试时不能出来排泄，因此他们常煮些白果吃以截小便，让自己能够安心应考。《花镜》记载：“惟举子廷试煮食，能截小水。”

银杏的果、叶、根均可入药。银杏性平，味甘、苦、涩，有小毒。《本草纲目》中记载，银杏核仁“熟食温肺益气，定喘嗽，缩小便，止白浊。生食降痰，消毒杀虫”，表明其在治疗咳嗽、哮喘、遗精遗尿、白带方面具有不错的效果。除此以外，银杏还具有耐缺氧、抗疲劳和延缓衰老的作用。银杏营养丰富，但不可多食，服用过多，容易产生中枢神经系统中毒症状，甚至死亡。《三元延寿书》曰：“昔有饥者，同以白果代饭食饱，次日皆死也。”近年药理研究证明，银杏叶具有防病保健功效，其提取物对治疗冠心病、心绞痛和高脂血症有明显的效果。

池上

（宋）赵师秀

朝来行药向秋池，池上秋深病不知。
一树木犀供夜雨，清香移在菊花枝。

菊花：清香移在菊花枝

菊花是盛开于秋末的花儿，《礼记·月令》写道："季秋之月，鞠（菊）有黄华。"因此九月也叫作菊月，九月九日重阳节一到，人们便赏菊花，设菊宴，饮菊酒，咏菊诗，像是在过菊花节。

文人墨客对菊花也情有独钟，写下了太多关于菊花的雅美诗词，并将它评为花中四君子（梅兰竹菊）之一。咏菊花的诗人最著名的当然是陶渊明，他素有菊花花神之称，"一从陶令评章后，千古高风说到今"。因为他的推崇，菊花被认为是"芳熏百草，色艳群英"，成为隐士的象征。

陶渊明的田园诗清新恬淡，而其中深藏着生命的大境界。他不慕名利，遗世独立，其风骨令人钦佩心折，最脍炙人口的诗句莫过于"采菊东篱下，悠然见南山"，仿佛佳句天成，妙手偶得而已。那一种洒脱与隽永、灵动与含蓄，如一缕幽幽菊香，萦绕心间。他的菊花诗也有金刚怒目之句，如"芳菊开林耀，青松冠岩列。怀此贞秀姿，卓为霜下杰"。林畔菊花与石上松树，以贞静秀丽之姿，凌霜斗寒，可谓植物中的豪杰。此诗中的菊花气势凛然，如出鞘之龙泉宝剑。

南宋檀道鸾的《续晋阳秋》记载了与菊花有关的"白衣送酒"的故事。有一年重阳节，陶渊明无钱买酒，于是独自在东篱下赏菊，并采摘了一束菊花握在掌心之中。

此时，秋风瑟瑟，菊花盈园，在风中飘飘洒洒，极是可爱。清香弥了满园，抬眼望去，远处悠悠青山一发，直叫人胸怀大畅。陶渊明神思飘逸，逸兴横飞，不由得又想：此时要是有美酒相伴，那可真是人生清福至乐了。

就在这时，他看见一个年轻的白衣使者向他走来，手上还提着两坛好酒。陶渊明看着那酒，一时间没有移开目光，难道天下真有心念刚动便即刻事成之事？结果那人真的走上前来，恭恭敬敬地把酒送上，自称是江州刺史王弘派来送酒的。王弘喜欢结交天下名士，曾多次给陶渊明送酒，也是他的一个老友了。陶渊明大喜过望，即刻开坛畅饮，并以掌中菊花下酒，菊香酒气，令大诗人醺然若醉。

菊花为菊科菊属植物菊的头状花序，品种繁多，不是所有的菊花都可食用。范成大在《范村菊谱》后记里特意区分了甘菊、黄菊与白菊，三者都可以入药，但甘菊具有可食性，其花、叶、根、茎、果皆可食入药。《神农本草经》记载，菊花性凉、味甘苦，归肺、肝二经，具有疏风、清热、明目、解毒的功效，可以治疗头痛、眩晕、目赤、心胸烦热、疔疮、肿毒等症。

唐代元结曾指出：“菊在药品是良药，为蔬菜是佳蔬。”宋代苏轼道：“春食苗，夏食叶，秋食花实而冬食根。”明代李时珍则云，菊花“其苗可蔬，叶可啜，花可饵，根实可药，囊之可枕，酿之可饮”，实乃上品。春天里人们常采嫩菊苗食用。《格致镜原》记载“刘禹锡馈白乐天菊苗齑”，菊苗齑便是用嫩菊苗做的菜，被刘禹锡用来招待白居易。南宋有一道菜叫“菊苗煎”，所用到的甘草、山药、菊苗都有清热之效。

古人很早就食用菊花，战国时期的屈原在《离骚》中吟道：“朝饮木兰之坠露兮，夕餐秋菊之落英。”人们不仅直接吹花嚼蕊，还将菊花酿成菊花酒饮用。汉代刘歆的《西京杂记》记载：“菊花舒时，并采茎叶，杂黍米酿之，至来年九月九日始熟，就饮焉，故谓之菊花酒。”

菊花有清心养生功效，令人长寿，《神农本草经》记载：“久服利气血，轻身，耐老，延年。”西晋·傅弦在《菊赋》中写道：“服之者长寿，食之者通神。”葛洪记录，在南阳郦县山中，甘菊丛生，菊花坠入山谷水中，水味甘甜，附近居民都饮这“甘谷水”，无不长寿，最少活到八十岁，究其原因，就是“得此菊力”。宋代苏辙也发现了菊花的延年益寿之效，写下了诗篇：“南阳白菊有奇功，潭上居人多老翁。”清代郑板桥在诗中盛赞菊花的养生之功：“南阳菊水多耆旧，此是延年一种花。八十老人勤未啜，定教霜鬓变成鸦。”

菊花还可以做成枕头。早在宋代，民间就流传采菊制枕的习俗，睡梦之中尽是清凉的芬芳，可谓是一枕秋香。林洪的《山家清事》载：“秋采山甘菊花，贮以红棋布囊，作枕用，能清头目，去邪秽。”

元人也喜用菊花填充枕头，元代马祖常的《菊枕》曰：“东篱采采数枝霜，包裹西风入梦凉。半夜归心三径远，一囊秋色四屏香。”他效仿陶渊明，在东篱摘下了几枝带着风霜的菊花，将花瓣填入枕头，如同包裹进了习习凉意的西风。

菊花可以做粥、煮羹、烹茶食用。秋日里可将菊花晒干研细，煮成鲜黄的菊花粥，滋味甘甜，气味芬芳。若诗人食用这清香的菊花粥，则“含香嚼蕊清无奈，散入肝脾尽是诗”了。将银耳、莲子、菊花煮成银耳莲子菊花羹，可去烦热，利五脏。用菊花、枸杞冲泡成菊花枸杞茶，具有散风清热、平肝明目的功效。又有菊花决明茶，则是用菊花、决明子浸泡而成，可用于肝热目赤、头昏目眩等症。

木芙蓉

（宋）王安石

水边无数木芙蓉，露染燕脂色未浓。
正似美人初醉着，强抬青镜欲妆慵。

芙蓉：正似美人初醉着

锦葵科的植物大多非常美丽，芙蓉、木槿都属于锦葵科。芙蓉又叫作木芙蓉，原产于我国，又名木莲，因花“艳如荷花”而得名。

芙蓉在花形上有单瓣和重瓣之分，野生种大都为单瓣，园艺种重瓣的居多。单瓣芙蓉花容明艳之极，因此经常用来形容美人的脸庞，所谓“芙蓉如面柳如眉”。唐代才女薛涛因喜爱芙蓉，便用浣花溪之水、芙蓉花之汁等制成了小巧精致的诗笺“薛涛笺”。宋代有位浣花女，曾经作过一首《潭畔芙蓉》：“芙蓉花发满江红，尽道芙蓉胜妾容。昨日妾从堤上过，如何人不看芙蓉。”芙蓉花美，引得美貌的浣花女也起了争艳之心，自信地认为自己的容颜还是胜过了花容。

芙蓉临水照花，更是国色倾城。《长物志》云：“芙蓉宜植池岸，临水为佳。”宋代王安石的一首《木芙蓉》，将芙蓉写得尤为柔媚：“水边无数木芙蓉，露染燕脂色未浓。正似美人初醉着，强抬青镜欲妆慵。”苏轼有“溪边野芙蓉，花水相媚好”之句，范成大也有“袅袅芙蓉风，池光弄花影”之句，都是写芙蓉开花时水光照映的鲜丽明艳之美。芙蓉花一天之内会变色，白天是白色或粉红色，到夜间变深红色，因此又称之为“芙蓉三变”。清代学者屈大均的《广东新语》称醉芙蓉“颜色不定，一日三换，又称三醉”，并赋诗云：“人家尽种芙蓉树，临水枝枝映晓妆。”

歌咏芙蓉的诗词除了歌咏芙蓉的美貌，更多的是歌咏芙蓉的风骨。芙蓉在秋天里开放，此时百花凋零，黄叶飘坠，只有芙蓉依然妩媚动人，因此有“拒霜花”之称，“千林扫作一番黄，只有芙蓉独自芳”。宋代范成大曾作有一首《菩萨蛮》：“冰明玉润天然色，凄凉拚作西风客。不肯嫁东风，殷勤霜露中。绿窗梳洗晚，笑把琉璃盏。斜日上妆台，酒红和困来。”宋代吕本中也作过一首《木芙蓉》：“小池南畔木芙蓉，雨后霜前着意红。犹胜无言旧桃李，一生开落任东风。”

五代十国后蜀皇帝孟昶，其宠妃“花蕊夫人”极爱芙蓉。孟昶为讨她欢心，于是在成都城头尽种芙蓉，“秋间盛开，蔚若锦绣”。孟昶与花蕊夫人登上城楼，俯瞰芙蓉花连绵数十里，如同锦缎一般绚烂，不由得大悦，对群臣道：“自古以蜀为锦城，今日观之，真锦城也。”从此，成都也就有了“蓉城”的美称。

清代《花镜》中赞芙蓉道：“清姿雅质，独殿群芳，乃秋色之最佳者。”《红楼梦》就把黛玉比作了芙蓉，第六十三回“寿怡红群芳开夜宴　死金丹独艳理亲丧”中，写众人抽花名签子行酒令。黛玉抽到的是一枝芙蓉，题着“风露清愁”四个字，并系有一诗句“莫怨东风当自嗟”。众人笑道：“这个好极。除了他，别人不配作芙蓉。”黛玉自己也笑了，可见她对芙蓉也是颇为钟爱的。

和木槿花一样，芙蓉花也是可以吃的，而且较为美味。白居易在杭州任职期间，便常以芙蓉花下酒，花香酒气之间，挥洒了一首诗篇《木芙蓉花下招客饮》：“晚凉思饮两三杯，召得江头酒客来。莫怕秋无伴醉物，水莲花尽木莲开。”南宋林洪在《山家清供》中记载了一种雪霞羹的制法：“采芙蓉花，去心、蒂，汤焯之，同豆腐煮。红白交错，恍如雪霁之霞。”故名“雪霞羹”。把木芙蓉去掉花心和花蒂，然后过滚水烫过，和豆腐一起炖煮。芙蓉鲜红，豆腐雪白，这味花馔红白交错，很是好看，如同雪晴之后的绚烂霞光。到了清代，雪霞羹被改名为芙蓉豆腐，杨燮有《豆腐诗》赞道：“北人馆异南人馆，黄酒坊殊老酒坊。仿绍不真真绍有，芙蓉豆腐是名汤。”

芙蓉花性平味辛，有清热凉血、解毒消肿之功，适用于肺热咳嗽、月经过多、白带过多、痈疽肿毒、水火烫伤等疾病。《本草纲目》言其“治一切大小痈疽，肿毒恶疮，消肿，排脓，止痛”。将芙蓉花、莲蓬壳，等分为末，每服二钱，米汤送下，可治月经不止；将芙蓉花研末，调油敷涂，可治汤火灼疮；用芙蓉叶、菊花叶一起煎，频频熏洗，可治一切疮肿。

木犀

（宋）朱淑真

弹压西风擅众芳，十分秋色为伊忙。
一枝淡贮书窗下，人与花心各自香。

桂花：人与花心各自香

桂花为木犀科木犀属植物木犀的花，是中国传统名花，为十大名花之一。“不是人间种，移从月中来。广寒香一点，吹得满山开。”与其他名花以花容著称不同，桂花是以花香卓绝而在百花之上。

的确，桂花花瓣细小如米粒，既无鲜妍夺目之花容，又无妩媚绰约之姿，但花香却馥郁甜美，沁人心脾，令人心醉神迷。桂花香气清远甘馥，温厚平和，让人通体舒泰。因此，古代文人单独歌咏桂花香气的诗词也很多，著名的有唐代宋之问的“桂子月中落，天香云外飘”，宋代邓肃的“清芬一日来天阙，世上龙涎不敢香”等，将桂花香气直接比拟为天香。

描写桂花香气最为出色的莫过于两位古代才女，一位是南宋的朱淑真，她写有一首《木犀》：“弹压西风擅众芳，十分秋色为伊忙。一枝淡贮书窗下，人与花心各自香。”将桂花香中添入书卷气，更增其脱俗之意。另一位是李清照，她在《鹧鸪天·桂》中写道：“暗淡轻黄体性柔。情疏迹远只香留。何须浅碧轻红色，自是花中第一流。”更是夸赞桂花之清气乃花中第一流。

中国神话传说里有“吴刚伐桂”的故事。相传吴刚被玉帝惩罚，让他到月亮里砍伐一棵月桂树，要将月桂树砍倒才能回来。那棵月桂树十分高大，吴刚砍了很久很久，终于眼看着要砍倒了，但没想到，他举起斧头的瞬间，桂树便倏忽长合了，于是他只能重新砍树。一天天过去了，吴刚不停地砍树，而桂树也在不停地长合。月圆之夜，月桂树上还会掉落一些桂花，飘到人间去。

传说杭州灵隐寺内有一位高僧就曾见过“月桂落子”。一日中秋之夜，高僧忽然听到院子里淅淅沥沥如同下雨一般的细碎声响，于是掌了一盏灯前去查看，不想见到了十分惊艳的一景：漫天的金色桂花从月宫中纷纷洒落，披着皎洁的月光，落在庭院之中，不一会儿就积了厚厚一层，如同富丽的地毯一般。高僧环顾四周，只觉香气扑鼻，漫山遍野都是桂花桂子。对于这个传说，明代李时珍认为：“月桂之丽，妖风（狂风）所致，非月中有桂也。”

桂花别名木犀，也作木樨，性温味辛。《本草纲目》记载，桂花可“生津辟臭化痰，治风虫牙痛”，并且“同麻油蒸熟，润发，及作面脂”，对桂花评价相当之高。

桂花药食同源，常用来做成各种美食，吃起来不仅满口生香，还有健脾益胃、散寒、化痰、止咳、补气等保健功效。早在战国时期，楚国的屈原便喜爱用桂花酿酒，并在他的《九歌》中留下了“蕙肴蒸兮兰藉，奠桂酒兮椒浆”的诗句。三国时曹植的《仙人篇》里有“玉樽盈桂酒”之句。据《太平广记》记载，曹奂为陈留王时，有频斯国人来朝，不食中国滋味，自有金壶，壶中有神浆凝如脂，即桂浆也，饮可令人长寿。宋代苏轼则在《桂酒颂》序文中写道：“以桂酒方授吾，酿成而玉色，香味超然，非人间物也。”

用桂花煎汤、泡茶，馥郁芬芳，可以治疗口臭、牙痛，也可以化痰散瘀，治疗食欲不振等，有健骨强身的效果，以桂花、甘草为主料制作的方剂有“天香汤”之称。据相关文献记录，可用来泡茶的众多香花之中，以桂花和菊花为最佳，“二花相为先后，可备四时之需”。明代《遵生八笺》记载天香汤的做法：桂花盛开之时，早晨桂花上有露水，用杖打下桂花，再以干净软布盛着，拣去蒂萼，放在干净的容器内捣烂如泥，拧干花汁，再收起。每一斤桂花，加甘草一两，盐梅十个，做成圆饼，再放入瓷坛封固。食用时，用沸水冲泡。经常饮用桂花汤，可以使身体轻健，自然地散发淡淡清香。《茶谱》中记载了用桂花窨制花茶，“桂花点茶，香生一室”。

桂花也可以做成桂花露。宋代向子諲（yīn）的《如梦令》词前小序说："余以岩桂为炉薰，杂以龙麝，或谓未尽其妙。有一道人授取桂华真水之法，乃神仙术也。其香着人不灭，名曰'芗林秋露'。"这芗林秋露便是用桂花与麝香熏蒸而成的，其香极馥郁甜美，闻之飘飘然如登仙境。向子諲认为此露更在文人普遍喜爱的蔷薇露之上，其词云："欲问芗林秋露。来自广寒深处。海上说蔷薇，何似桂华风度。高古。高古。不著世间尘污。"

用桂花制造的糕点，有广寒糕的美称。南宋《山家清供》中记录了广寒糕的做法："采桂英，去青蒂，洒以甘草水，和米春粉，炊作糕。"关于桂花的食品非常丰富，除了广寒糕、天香汤之外，还有桂花红枣羹、桂花甜藕、桂花莲子羹、桂花糖芋头、酒酿桂花圆子，等等。清代《养小录》中有《餐芳谱》一章，其中就有桂花栗子。栗子本就甘芬，再染上桂花馥郁香气，真是甜美得无与伦比，如今江南还有桂花鲜栗羹。

桂花因其甜香馥郁，也常用来熏香。北宋就开始流行桂花熏蒸沉香在，北宋张邦基的《墨庄漫录》木犀花条载："近人采花蕊以熏蒸诸香，殊有典刑。"南宋周紫芝的《刘文卿烧木犀沉为作长句》道："海南万里水沉树，江南九月木犀花。不知谁作造化手，幻出此等无品差。"南宋朱敦儒的《菩萨蛮》也提到木樨沉："新窨木樨沉，香迟斗帐深。"木樨沉即沉香与桂花制作的熏香。

如若在卧室中放上一束桂花，则有助于消除疲劳、促进睡眠。宋末元初诗人黄庚有《枕边瓶桂》一诗咏赞桂香入梦："岩桂花开风露天，一枝折向枕屏边。清香重透诗人骨，半榻眠秋梦亦仙。"在桂花香气之中做梦，仿佛如登仙境，极平安喜乐。

人们舍不得桂花的香气，想将它长久保存。清代《花镜》即记载有"花香耐久法"，桂花的保存方法是将冬青子汁，拌桂花半开者，放入细瓷瓶内，以厚纸盖住，桂花开过之后，室中放置一盘，其香袅袅不绝，久久不散。

桂花的果实也称桂花子、桂子，能暖胃平肝，可治疗肝胃气痛。其根皮捣碎取汁，可治疗胃痛、牙痛、风湿等。

梧桐：金井梧桐秋叶黄

长信秋词（其一）

（唐）王昌龄

金井梧桐秋叶黄，珠帘不卷夜来霜。

熏笼玉枕无颜色，卧听南宫清漏长。

梧桐为梧桐科梧桐属落叶乔木，是一种深具古典韵味的植物。早在《诗经》中，就有关于梧桐的吟唱，《大雅·卷阿》中有“凤凰鸣矣，于彼高冈。梧桐生矣，于彼朝阳。菶（běng）菶萋萋，雝雝喈喈。”凤凰鸣叫着，停在那边高高的山冈。山冈上生有梧桐，面向东方迎接着朝阳。梧桐枝叶茂盛苍郁，凤凰鸣声悠扬回荡。这也成为梧桐引凤之传说的最早来历。

梧桐树受到古代王公贵族的钟爱。春秋吴王夫差建梧桐园，于园中植梧桐树，南朝梁·任昉《述异记》记载：“梧桐园在吴宫，本吴王夫差旧园也，一名琴川。”汉代梧桐树更是被植于皇家宫苑，《西京杂记》记载：“上林苑桐三，椅桐、梧桐、荆桐。”“五柞宫西有青梧观，观前有三梧桐树。”到了后世，梧桐在民间庭院之中也得到广泛种植。明代王象晋《群芳谱》云：梧桐“皮青如翠，叶缺如花，妍雅华净，赏心悦目，人家斋阁多种之”。

古典诗词中常把梧桐和秋意紧紧结合在一起。唐代诗人王昌龄的《长信秋词》有："金井梧桐秋叶黄，珠帘不卷夜来霜。"唐代诗人殷尧藩的《登凤凰台》有："梧桐叶落秋风老，人去台空凤不来。"南唐后主李煜的《相见欢》云："无言独上西楼，月如钩。寂寞梧桐深院锁清秋。"不过淡淡一句，庭院，梧桐，锁清秋，便有了如酒一般醇厚浓郁的秋意，以及惆怅。宋代女词人李清照中年写的《声声慢》中有"梧桐更兼细雨，到黄昏，点点滴滴"。那是无限苍凉的美，到了晚境，一颗飘摇的心无处安放，独对黄昏细雨中的梧桐树。

秋天采收梧桐叶，晒干后即可以入药，具有祛风除湿，解毒消肿，降血压的功效。

明代《复斋日记》记载，元代医学家滑伯仁曾经用梧桐叶救治过难产之症。有一年秋天，滑伯仁在苏州虎丘山游玩，兴致正浓之时，有人找他医治一位难产的孕妇。滑伯仁并不言语，只是随手拾了一枚飘坠的梧桐叶，递给来人，令他回去用水煎梧桐叶作汤，然后让产妇饮下，即可保平安。其他人都以为滑伯仁是随口说说应付而已，谁知没过多久，有人过来报喜，说产妇已顺利产子。众人大惊，询问之，滑伯仁笑道："医者意也，哪有一定之方？梧桐叶得金秋萧降之气而落，以梧桐叶煎汤即可借秋气以辅助正气，即可催生。"

清朝乾隆年间，清代名医叶天士也用梧桐叶救了两条人命。有一天，叶天士被请求出诊，医治一个难产妇人。他了解到患者早先已经请了一位姓薛的名医诊治过，却不奏效。他接过薛医生的方子看了下，发现方子虽好，但缺乏同气之药，所以不能使药发挥功效。于是，他将原方中的药引"竹叶三片"改为"梧桐叶三片"，产妇服药后，不久就转危为安，顺利生下了孩子。

叶天士此番诊治的医理和滑伯仁的是类似的，人与自然气息互相感应，秋分时节，梧桐叶落，同气相求，所以，他在薛氏的方子中换掉了竹叶，改用桐叶，以顺应天时气息，使药物能顺利到达所属的经络。

梧桐子味甘而性平，是一味药食同源的美食，可清热除火、解毒健脾。清代《花镜》中载："皮青如翠，叶缺如花，妍雅华净。四月开花嫩黄，小如枣花。五、六月结子，蒂长三寸许，五稜合成，子缀其上，多者五、六，少者二、三，大如黄豆。"

梧桐子是可以炒着吃的，滋味分外香脆可口。清代《养小录》中就记载："梧桐子，一炒，以木槌捶碎。拣去壳，入锅，加油、盐，如炒豆法，以银匙取食，香美无比。"把梧桐子制粉外敷，还有止血的功效。

梧桐花、根、皮也可入药。梧桐花煎服可治水肿，研碎外涂可治烫伤。梧桐根和皮可治疗跌打损伤、月经不调等症。

百合：几枝带露立风斜

百合花

（清）严兆鹤

学染淡黄萱草色，几枝带露立风斜。

自怜入世多难合，未称庭前种此花。

百合原产于我国，是传统的观赏花卉，其花姿婀娜，香气扑鼻，深受人们喜爱。百合别名很多，又名强蜀、番韭、山丹、倒仙、重迈、中庭、摩罗、重箱、中逢花、百合蒜、大师傅蒜、蒜脑薯、夜合花等。

唐代段成式在《酉阳杂俎》中记载："元和末，海陵夏侯乙庭前生百合花，大于常数倍，异之。"大于常数倍的百合，估计有脸盆那么大了，如此硕大的花瓣，当更为丰腴馥郁了，可惜现在社会已经没有这种百合了，应该是消亡了。我们现在所能看到的百合，大多如手掌一般大小。

宋代诗人陆游精通养生之道，极爱养花，他晚年隐居浙江山阴时，曾一口气写了三首关于百合花的诗。其中《窗前作小土山蓺兰及玉簪最后得香百合并种之戏作》曰："方兰移取遍中林，馀地何妨种玉簪。更乞两丛香百合，老翁七十尚童心。"他在院子里种了兰花、玉簪，还想种芳香的百合花，于是向朋友讨要了两株香百合。看到花开他便兴致勃勃，欢喜不已，觉得自己虽然七十多岁了，但依然童心宛在。又有《龟堂杂兴》："方石斛栽香百合，小盆山养水黄杨。老翁不是童儿态，无奈庵中白日长！"

陆游的《北窗偶题》，则仿佛是跟百合在对话一般："尔丛香百合，一架粉长春。堪笑龟堂老，欢然不记贫。"百合粉色的花朵绽放，长期绽放，好像留住了春天。见到如此美丽的花儿，诗人不由得忘了自己的困窘之境。丹青不知老将至，富贵于我如浮云。对于陆游来说，该是沉浸于百合之香中，不知老之将至了。

百合为多年生草本植物，地下鳞茎多呈球形，可以吃。百合花素有"云裳仙子"之称，素净雅洁，落落大方，有"百年好合""百事合意"之美好寓意，因此常被当作婚礼必不可少的吉祥花卉。《本草纲目》细致地记录了它的花叶之美："叶如大柳叶，四向攒枝而上。其颠即开淡黄白花，四垂向下覆长蕊，花心有檀色。每一枝颠，须五、六花。"

百合的花朵以及鳞茎均味甘，性平，无毒，可入药，药食兼用，具有养阴润肺、止咳祛痰、清心安神的功效，主治肺痨久咳、虚烦惊悸、神志恍惚、脚气浮肿、心情抑郁等症。《本草经》说百合："安五脏，和心志，令人欢乐无忧。"《本草述》则说："百合之功，在益气而兼之利气，在养正而更能去邪。"

百合花和百合根常用来做成药膳饮品，秋季容易出现"秋燥"症候，百合做成的药膳适合这个季节食用，如百合莲子汤，可滋阴健脾、宁神助眠；百合雪梨饮，可养心安神、润肺止咳；百合银耳羹，可益气养阴、润肺止咳；蜜汁百合，可滋润心肺，润肠通便。北宋书法家郑文宝创制的云英面，便是在雪白的冷面里洒上百合花和莲花等花卉，增其色香，更助滋养。南宋林洪的《山家清供》也记载了药膳百合面的做法与功效："春秋仲月，采百合根曝干捣筛，和面作汤饼，最益血气。又，蒸熟可以佐酒。"

苍耳：卷耳遍生新雨后

石阡杂兴其二

（清）孟继埙

满城桃李万千枝，如此风光可入诗。

卷耳遍生新雨后，画眉偏叫落花时。

兰芽空谷无人问，莎草横塘有梦知。

更喜园林消夏处，一枝香玉放山栀。

卷耳又叫作苍耳。苍耳，苍耳，总觉得有一种沧桑而温暖的情怀，蕴在这个古意盎然的名字之中。

《诗经》中的《周南·卷耳》曰："采采卷耳，不盈顷筐。嗟我怀人，寘(zhì)彼周行。"说的是女子对远征的丈夫的思念。这一章里我们可以看到这么一幅画面，遥远年代的一个清晨，有一位穿粗布衣裳的妇女，在田野里一边采摘卷耳的嫩叶，一边想念远征的丈夫，一边唱着温柔的歌谣。而她的思念越来越浓厚，禁不住怔怔发呆，于是，那竹筐始终装不满。她随口唱着的，就是这么一首简单而动人的歌：采呀采呀采卷耳，采来采去半天不满一小筐。唉，我啊想念着心上人了，无心再采啦，只好把菜筐弃在大路旁。

后三章则是以女子所思念的男子之口吻来写的："陟彼崔嵬（wéi），我马虺隤（huī tuí）。我姑酌彼金罍，维以不永怀。陟彼高冈，我马玄黄。我姑酌彼兕觥，维以不永伤。陟彼砠矣，我马瘏矣，我仆痡矣，云何吁矣。”她所思念的人，正在爬上那高高的土石，登上巍峨的山脊，攀上乱石冈。他所骑的马儿都累坏了，他也筋疲力尽，于是满满地斟了一大杯酒，仰头一饮而尽，心中却满是无法诉说的忧伤。在他妻子思念他的同时，他也在思念着他的妻子。

在这首诗里，她的思念牵绊出他的思念，而他的思念则呼应着她的思念，使得这首诗有了回环往复、荡气回肠的美感。正因为在这首诗里，苍耳被寄托了深沉而悠长的思念，所以苍耳也叫常思。

苍耳是菊科苍耳属植物，它另外还有许多名字，如野落苏、野茄、苍刺头、痴头猛、草带妇等，是我国境内普遍生长的一种野草，常生长于平原、丘陵、低山、荒野路边、田边。

苍耳用途广泛，苍耳皮可取纤维，植株可制农药，苍耳的嫩叶是可以吃的。因此，《周南·卷耳》中的女子应是采摘苍耳的嫩叶。苍耳有广泛的药用价值，茎叶捣烂后涂敷，可以治疥癣、蚊虫咬伤，久服可以耳聪目明，轻身强志。唐代杜甫作有一首《驱竖子摘苍耳》："江上秋已分，林中瘴犹剧。畦丁告劳苦，无以供日夕。蓬莠独不焦，野蔬暗泉石。卷耳况疗风，童儿且时摘。侵星驱之去，烂熳任远适。放筐亭午际，洗剥相蒙幂。登床半生熟，下箸还小益。加点瓜薤间，依稀橘奴迹……”诗中详细地叙说了采苍耳并将之烹制食用的情况。南宋林洪的《山家清供》中引用陆玑的《疏》，记录了一种苍耳嫩叶和姜、盐以及苦酒拌饭吃的进贤菜（苍耳饭），云："叶青白色，似胡荽，白花细茎，蔓生。采嫩叶洗焯，以姜、盐、苦酒拌为茹，可疗风。"

苍耳的果实叫作苍耳子。苍耳子呈纺锤形，放在手心里小小的一枚，如枣核般大小，像是女子的耳珰一般，因此它又有个旖旎的名字——耳珰草。苍耳子浑身是刺，像个袖珍的绿色小刺猬。小刺顶端有倒钩，很容易粘附于人或动物的衣服和毛发上，借此以浪迹天涯，传播种子。因此，苍耳子又叫苍浪子、绵苍浪子。

苍耳子有小毒，不能食用，但它能散风寒，通鼻窍，祛风湿，止痒，尤其适用于治疗风寒头痛、风湿痹痛、鼻渊、风疹、疥癣等症。《本草备要》载其“善发汗，散风湿，上通脑顶，下行足膝，外达皮肤。治头痛，目暗，齿痛，鼻渊”。

曼达：曼陀罗影漾江流

三月一日过摩舍那滩阻雨泊清溪镇二首（其一）

（宋）杨万里

一声霹雳霁光收，急泊荒茅野渡头。

摩舍那滩冲石过，曼陀罗影漾江流。

山才入眼云遮断，船欲追程雨见留。

夜宿清溪望清远，举头不见隔英州。

曼达就是曼陀罗花。曼陀罗为茄科曼陀罗属草本植物，别名曼扎、曼达、醉心花、枫茄花、万桃花等。曼陀罗是梵语的译音，意为悦意花。宋代词人陈与义曾作诗《曼陀罗花》，称之“秋风不敢吹，谓是天下香”。

曼陀罗花如其名，花瓣洁白如玉，花的姿态生得曼妙柔丽。明代医药学家李时珍将曼陀罗收入《本草纲目》，称它“八月开白花，凡六瓣，状如牵牛花而大”。正因为它和牵牛花相似却又较之为大，因此曼陀罗又叫作大喇叭花。李时珍又记载曼陀罗花的得名：“《法华经》言佛说法时，天雨曼陀罗花。又道家北斗有陀罗量使者，手执此花，故后人因以名花。”

曼陀罗的花朵和全草都含有剧毒。在传统医学中，曼陀罗花主要用来麻醉，传说华佗的麻醉方剂麻沸散中含有曼陀罗。《水浒传》中提到的宋代“蒙汗药”，里面也有曼陀罗的成分。宋代周去非在《岭外代答》一书中记载："广西曼陀罗花，遍生原野，大叶白花，结实如茄子而遍生小刺，乃药人草也。盗贼采，干末之，以置人饮食，使之醉闷……"宋代司马光的《涑水记闻》也载："五溪蛮汉，杜杞诱出之，饮以曼陀罗酒，昏醉，尽杀之。"

《本草纲目》则进一步解释了曼陀罗的麻醉功能："热酒调服三钱，少顷昏昏如醉。割疮灸火，宜先服此，则不觉苦也。"拿热酒调服曼陀罗花等制成的药，只需三钱就能令人昏昏欲醉，无论是割疮还是火灸，只要服下此药，都不觉得疼。

李时珍曾听人说，曼陀罗花具有神奇的蛊惑力，如果是笑着采摘花儿，然后将花酿酒饮用，则会笑个不停；如果是手舞足蹈地采摘花儿，然后将花酿酒饮用，则会舞个不停。于是，他决定亲自尝试一番。有一天，李时珍请来一个朋友，一起共饮他所酿造的曼陀罗花酒。李时珍饮了几杯，便觉醉意朦胧，天旋地转，眼前幻化出种种瑰艳绮丽之景，禁不住手舞足蹈。朋友见他这样，忍不住大笑，李时珍也禁不住跟着大笑起来。两个人一边喝酒，一边亦笑亦舞。这其实是服下曼陀罗花导致意识模糊产生幻觉的缘故。

李时珍把这次亲自尝试曼陀罗花酒的情景也写进《本草纲目》："相传此花笑采酿酒饮，令人笑；舞采酿酒饮，令人舞。予尝试之，饮须半酣，更令一人或笑或舞引之，乃验也。"

曼陀罗花不仅用于麻醉，还可用于治疗疾病。其叶、花、子均可入药，味辛，性温，有毒。《本草纲目》记载，曼陀罗花主治诸风及寒湿脚气，煎汤洗之。又主惊痫及脱肛，并入麻药。将曼陀罗花晒干研末，取少许敷贴疮上可治脸上生疮。曼陀罗的叶和子可用于镇咳止痛。

楚州开元寺北院枸杞临井繁茂可观群贤赋诗因以继和

（唐）刘禹锡

僧房药树依寒井，井有香泉树有灵。
翠黛叶生笼石甃，殷红子熟照铜瓶。
枝繁本是仙人杖，根老新成瑞犬形。
上品功能甘露味，还知一勺可延龄。

枸杞：枝繁本是仙人杖

枸杞，别名仙人杖，另有天精、地仙、却老、却暑、西王母杖、石寿树之称，都是仙气袅袅的名字。

枸杞之所以又名仙人杖，是因为神话传说中，仙人们只用枸杞的根作为拐杖。历代诗家咏枸杞的诗作甚多，不少诗人就是以“仙人杖”来称呼枸杞。唐代刘禹锡诗云：“枝繁本是仙人杖，根老新成瑞犬形。”

枸杞为茄科枸杞属植物，花、果、叶皆小巧可爱。《本草纲目》记载：“春采枸杞叶，名天精草；夏采花，名长生草；秋采子，名枸杞子；冬采根，名地骨皮。”枸杞花细小如珠，花冠淡紫色；果实为椭圆形至卵圆形红色小浆果。春季可观叶，夏季可赏花，秋冬可观果，均赏心悦目。宋代朱熹曾赞“雨馀菜甲翠光匀，杞菊成畦亦自春。”

枸杞当然不仅仅可供观赏了，它的果实、叶、根皮，均可供药用。《保寿堂方》记载，将枸杞的春叶、夏花、秋子、冬根阴干浸酒，晒四十九天后研末，用炼蜜做成药丸，久服可明目轻身。有人服用此药丸活到一百余岁，依然行走如飞，发白返黑。

人们历来把枸杞作为进补的佳品，自古以来，常食枸杞而强身长寿的例子很多。相传唐代润州有个寺庙，寺里有一口井，井旁长有很多枸杞树，常有细小的枸杞果和枸杞花随风掉入井水之中，井水之中也有了淡淡的枸杞香气。寺庙里的人饮此井水，人人长寿，到了八十岁而发不白、齿不掉。

据说北宋年间，朝廷有位使者，在途中见一位年约十六七岁的姑娘手执竹竿正在追打一个白发苍苍的老翁。使者赶紧拦住那姑娘，问她为什么这样对待老翁，那姑娘理直气壮地回答说老翁是她的曾孙子。使者吓了一跳，看着少女绿鬓朱颜，再看看老翁鸡皮鹤发，心中着实不信，又问道："为何要打他？"姑娘答道："家有良药，他却不肯服食，年纪轻轻就衰老至此，我不得不出手教训。"使者好奇地问道："你今年多少岁了？"姑娘则答她已经372岁了。使者听后更加惊异，忙问她为何得享如此高寿。姑娘说，只是四季常服用枸杞而已。使者听罢，赶紧记录下来。枸杞的养生功效就因这个夸张的传说更加传开了。

枸杞的果实就是枸杞子，为晶莹剔透的小红果，因极像女子的耳坠，因此又名"红耳坠"。《本草汇言》说，枸杞能使气可充、血可补、阳可生、阴可长、火可降、湿可去，有十全之妙用。《神农本草经》记述，枸杞能治内热、消渴、风湿等病，常与熟地、菊花、山药、山萸肉等药同用，"久服坚筋骨，终身不老，耐寒暑"。

枸杞子味甘、性平，可以滋补肝肾，益精明目，滋味也是清甜甘美，因此古人常用它来入馔，做成药膳。宋代诗人陆游就对枸杞情有独钟，他晨起常喝一碗用枸杞做成的羹汤，并吟诗："雪霁茆堂钟磬清，晨斋枸杞一杯羹。"他将枸杞的补益效果与茯苓相提并论，又赞枸杞香气动人："松根茯苓味绝珍，甑中枸杞香动人。"明代《遵生八笺》记载枸杞煎方："采枸杞子，不拘多少，去蒂，清水净洗，漉出控干。用夹布袋一枚，入枸杞子在内，于净砧上碓压，取自然汁，澄一宿，去清，石器内慢火熬成煎，取出，磁器内收。每服半匙头，温酒调下。"这种枸杞煎可明目驻颜，壮元气，润肌肤，久服大有益。

《遵生八笺》又记载有枸杞茶："于深秋摘红熟枸杞子，同干面拌和成剂，捍作饼样，晒干，研为细末。每江茶一两，枸杞子末二两，同和匀，入炼化酥油三两，或香油亦可。旋添汤搅成膏子，用盐少许，入锅煎熟饮之，甚有益及明目。"平常就是用十几颗枸杞子泡着开水当茶喝，也很有养生功效，袅袅热气中有一种温厚而令人安心的味道。另外，可自己调制枸杞菊花汤、山药枸杞粥等，均有明目滋补功能。

枸杞的叶子除了天精草的名字，还有个接地气的名字——枸杞头，也是一味养生美食。《山家清供》中记录了一道宋代的名菜——山家三脆，就是用枸杞头、嫩笋和小香菇制成的。嫩笋、小蕈、枸杞菜，油炒做羹，加胡椒尤佳。有诗云："笋蕈初萌杞采纤，燃松自煮供亲严。人间玉食何曾鄙，自是山林滋味甜。"清代《养小录》也记录有枸杞头："焯拌宜姜汁、酱油、微醋。亦可煮粥。"当代作家汪曾祺则在其作品《故乡的食物》中介绍过枸杞头的两种常见吃法："枸杞头可下油盐炒食，或用开水焯了，切碎，加香油、酱油、醋，凉拌了吃。那滋味，也只能说极清香。春天吃枸杞头，可以清火，如北方人吃苣荬菜一样。"

枸杞的根皮叫作地骨皮，可清虚热、泻肺火、凉血，主治阴虚劳热，骨蒸盗汗，小儿疳积发热。

荔枝：甘露凝成一颗冰

新荔枝四绝（其三）

（宋）范成大

甘露凝成一颗冰，露秾冰厚更芳馨。

夜凉将到星河下，拟共嫦娥斗月明。

荔枝果肉莹白，清甜多汁，自古就是人们极其喜爱的水果。宋代诗人范成大在诗《新荔枝四绝》中称赞荔枝晶莹剔透，乃是甘露凝成，芳香动人。在夜凉如水的时候，这荔枝还可以在星河之下，与月亮比比，谁更莹亮。

在唐代，荔枝也许是知名度最高的水果。唐代白居易见到荔枝，只见其“星缀连心朵，珠排耀眼房。紫罗裁衬壳，白玉裹填瓤”，品尝之后，更是称赏，因此写下了《题郡中荔枝诗十八韵兼寄万州杨八使君》：“嚼疑天上味，嗅异世间香。”

荔枝的出名，跟一代美人杨贵妃是分不开的。唐代诗人杜牧写有《过华清宫》：“长安回望绣成堆，山顶千门次第开。一骑红尘妃子笑，无人知是荔枝来。”说的就是唐玄宗宠爱杨贵妃，为她提供新鲜荔枝的故事。

当时杨贵妃极爱吃荔枝，但荔枝不耐久藏。“若离本枝，一日色变，三日味变。”荔枝产在岭南（今广东省）和川东（今四川省东部），离长安几千里。为了让心爱的妃子吃上新鲜荔枝，唐玄宗不惜辛苦，下令开辟了从岭南到长安的几千里贡道，以便荔枝能及时地用快马快速运到长安。地方官员于是派出最善于骑马的人，骑上最快的马，从生产地带着荔枝，一站一站地换人换马，接力传送。荔枝很快被送进了长安的皇宫里面，颜色和味道都还保持着新鲜。唐玄宗这样劳师动众的辛苦，只为博取杨贵妃的粲然一笑。

据说宋代文学家苏轼被贬官到广东惠州时，也发生了一件与荔枝有关的趣事。有一日，苏轼来到荔枝树下，恰好看到有几只猴子正在高高的荔枝树上吃荔枝，见有人来，便把果核向苏轼打来。苏轼童心大发，也拾起果核向猴子扔过去。谁知猴子打得兴起，竟将树枝上的荔枝摘下扔了过来。苏轼大喜，便与猴子对打，然后把树下的新鲜荔枝收集起来，大快朵颐，十分过瘾。他还特别作下一首《食荔枝》，感叹“日啖荔枝三百颗，不辞长作岭南人”。他另有一诗咏荔枝：“海山仙人绛罗襦，红纱中单白玉肤。”称赞荔枝如同身着红纱绛襦，肌肤洁白如玉的美人。

荔枝寓意吉祥，在古代江南一带，还常被用作“压岁果”。清代《清嘉录》中记载：“置橘、荔诸果于枕畔，谓之‘压岁果子’。元旦睡觉时食之，取谶于吉利，为新年休征。”人们在枕边放橘子、荔枝等水果作为“压岁果子”，初一醒来吃了，寓意新年吉祥如意。

荔枝为无患子科荔枝属植物荔枝的假种皮或果实，又称为丹荔、丽枝、离枝、火山荔、勒荔、荔支等。荔枝味甘，性热，无毒，可生津止渴、理气止痛，令人容颜润泽（即“益人颜色”），可治烦渴、呃逆、胃痛、牙痛、疔疮等症。把荔枝与大米熬成荔枝粥，有益气养血、和脾开胃之效。不过荔枝不可多食，否则会令人发虚热。

荔枝的花及根亦可入药，用水煮汁，细细含咽，可治喉痹、肿痛。《本草纲目》曰：“痘疮出不爽快，（荔枝壳）煎汤饮之。又解荔枝热，浸水饮。”荔枝壳还能作为香料，宋代陆游调制的一款“四和香”，所用香料便是荔枝壳、兰花、菊花、柏树果实，将四种原料捣碎，以炼蜜调成小丸即可。荔枝核则具有行气散结、散寒止痛之效，可用于治疗疝气痛、胃脘痛、痛经等。

龙眼：艳冶丰姿百果无

龙　眼

（明）王象晋

何缘唤作荔枝奴，艳冶丰姿百果无。

琬液醇和羞沆瀣，金丸玓瓅（dì lì）赛玑珠。

好将姑射仙人产，供作瑶池王母需。

应共荔丹称伯仲，况兼益智策勋殊。

龙眼，又称桂圆、益智，为无患子科龙眼属植物。龙眼另有个名字叫作荔枝奴，这是因为荔枝熟后紧接着龙眼熟的缘故。晋代《南方草木状》记载："荔枝过即龙眼熟，故谓之'荔枝奴'，言常随其后也。"

龙眼果肉甜美，"肉白而带浆，其甘如蜜"，一串串龙眼，如葡萄一般累垂可爱。明代文学家宋钰作有一首《龙眼》，把桂圆的形貌写得很是生动："外衮黄金色，中怀白玉肤。臂破皆走盘，颗颗夜光珠。"桂圆外壳金黄，而果肉洁白晶莹，盛放在盘子里的时候，一颗一颗圆溜溜的，有如夜光珠一般。而它的核乌黑透亮，如同小鹿的眼睛。他又称赞桂圆："圆若骊珠，赤如金丸，肉似玻璃，核如黑漆，补精益髓，蠲渴肤肌，美颜色，润肌肤，种种功效，不可枚举。"满汉全席中四蜜饯便是蜜饯橘饼、蜜饯桂圆、蜜饯瓜条、蜜饯青梅。桂圆本来就甘美，再加上蜜饯，可是甜上加甜了。

关于桂圆，有一个流传甚广的民间传说。相传很久以前，在福建莆田的一个村子，有一条恶龙每到冬天就出来兴风作浪，毁坏田屋，危害百姓。有一个叫作桂圆的少年，他自幼失去父母，由亲戚和邻居将他抚养长大，练就了一身好武艺。他见恶龙作怪，于是决定为民除害。

这天夜里，恶龙又出海作乱，波涛汹涌，恶浪滔天。桂圆手持宝剑，跳入大海，与恶龙进行搏斗。月光皎洁明亮，照耀着这个独自勇斗恶龙的少年。剑光闪闪之中，桂圆终于刺死了恶龙，但自己也受了重伤。

桂圆挖出龙眼，跃上岸来，准备带回去祭祀被恶龙害死的乡亲；但由于受伤过重，终于不幸去世，乡亲们就把龙眼和桂圆埋葬在一起。几年之后，在桂圆的墓地上，长出了一棵枝繁叶茂的大树，树上还结出了一串串的果子，人们于是把这棵树叫作桂圆或者龙眼。为了纪念少年英雄桂圆，民间还有一首歌谣流传："除害消灾百姓欢，壮士捐躯来安然。坟前定长长青树，桂圆飘香果子甜。"

桂圆的功效极多，素有"果中珍品"之称。中医认为桂圆味甘、性平，可以养心脾，所以在《名医别录》里，桂圆又叫作"益智"，意思就是说可以养心安神，补血健脑。《神农本草经》记载：桂圆"主五脏邪气，安志厌食，久服强魂魄，聪明"。桂圆益心脾，补气血，具有良好的滋养补益作用。贫血失眠、面色苍白、脾胃虚弱之人，可用桂圆汤进行调理。也可加上几枚红枣制成红枣桂圆汤，或者加入莲子制成桂圆莲子汤，补益效果更佳。李时珍在《本草纲目》中也写道："食品以荔枝为贵，而资益则龙眼为良。盖荔枝性热，而龙眼性和平也。"

《红楼梦》第一一六回："这里麝月正思自尽，见宝玉一过来，也放了心。只见王夫人叫人端了桂圆汤叫他喝了几口，渐渐的定了神。"宝玉曾经昏晕过去，心神不宁。桂圆汤可以养心安神，所以他喝了桂圆汤，就平和宁静下来。

清代名医王孟英的《随息居饮食谱》中记载有一味玉灵膏，便是以桂圆和西洋参制成，温而不燥，凉而不寒："自剥好龙眼，盛竹筒式瓷碗内，每肉一两，入白洋糖一钱，素体多火者，再入西洋参片，如糖之数。碗口幂以丝绵一层，日日于饭锅上蒸之，蒸到百次。凡衰羸、老弱，别无痰火，便滑之病者，每以开水瀹（yuè）服一匙，大补气血，力胜参芪。产妇临盆服之，尤妙。”玉灵膏补血益气，安神助眠，益脾胃。王孟英称它为“代参膏”，言其“力胜参芪”，为滋补上品。

橄榄：待得微甘回齿颊

橄　榄

（宋）苏轼

纷纷青子落红盐，正味森森苦且严。

待得微甘回齿颊，已输崖蜜十分甜。

橄榄为橄榄科橄榄属乔木，北方称橄榄的果实为青果，南方则称之为橄榄。橄榄又有黄榄、山榄、白榄、红榄、谏果、忠果等别名。

橄榄味甘、酸，性平，无毒。唐代刘恂《岭表录异》记载：“橄榄树枝皆高耸。其子深秋方熟，南人重之，生咀嚼之，味虽苦涩，而芬香胜于含鸡舌香也。”唐代南人喜食橄榄，含着橄榄细细咀嚼，滋味虽然酸涩，但其芬芳满颊，胜过口含丁香。

橄榄“味涩，良久乃甘”，初入口时酸涩不已，然而过后不久，那口中的酸涩竟然转成淡淡的回甘，口舌生津，余味无穷。宋代王禹偁称赞橄榄良久回味，其甘如饴：“江东多果实，橄榄称珍奇。北人将就酒，食之先颦眉。皮核苦且涩，历口复弃遗。良久有回味，始觉甘如饴。”宋代苏轼也称赞橄榄回甘，尤胜过蜜橘：“待得微甘回齿颊，已输崖蜜十分甜。”

《本草纲目》记载：橄榄“生食甚佳，蜜渍、盐藏皆可致远”。橄榄经蜜渍、盐藏后更加风味独特，可作为日常的小零食食用。

关于橄榄治病，有这么一个民间传说。有个名叫黄三的人，去一位德高望重的老中医处看病，说自己黄胖、懒惰、贫寒，希望老中医能够药到病除。老中医头一次听说这样奇怪的看病要求，但是他并没有拒绝黄三，而是细细询问后，认为一切症结之根本就在于“懒惰”。于是，就要黄三每日清晨去茶馆饮橄榄茶，饮完后收集橄榄核回家种植，等待橄榄成林，再来复诊。

黄三遵从医嘱，果然回家种植橄榄。为了照看好橄榄林，黄三起早贪黑，忙个不停。终于，橄榄蔚然成林，黄三变得手脚勤快，人也健壮起来，不再懒惰和黄胖。这天他去找老中医，老中医要他回家等待人上门买橄榄。果然次日开始，到他这里买橄榄的人络绎不绝。黄三卖橄榄得钱，也不再贫穷了。

橄榄味甘、酸，性平，“采之咀嚼，满口生香”，有清热解毒、利咽化痰、生津止渴、化刺除鲠之功，可主治咽喉肿痛、烦渴、鱼骨鲠喉等症。《本草经疏》记载：“橄榄，脾胃家果也，能生津液。”《本草纲目》记载，橄榄可“生津液，止烦渴，治咽喉痛。咀嚼咽汁，能解一切鱼鳖毒”，尤其可以解河豚之毒，“人误食其肝及子，必迷闷至死，惟橄榄及木煮汁能解之”。橄榄仁和橄榄核都可以入药，橄榄仁研烂敷之，可治口唇燥痛；橄榄核磨汁服，可治诸鱼骨鲠及食鲙成积等症。

橄榄可以制成各种药膳，如橄榄酸梅汤，可治急性咽炎、咳嗽痰稠、酒毒烦渴等症。橄榄煲冰糖，可治燥热咳嗽、饮食积滞、酒毒湿热等症。明代《遵生八笺》中记录有橄榄丸，其制法为：“百药煎五钱，乌梅八钱，木瓜、干葛各一钱，檀香五分，甘草末五钱，甘草膏为丸，晒干用。”清代《养小录》中则载青果汤：“橄榄三四枚，木槌击破，入小沙壶，注滚水盖好，停顷斟饮。”

栗子：山翁服栗旧传方

服　栗

（宋）苏辙

老去日添腰脚病，山翁服栗旧传方。
经霜斧刃全全气，插手丹田借火光。
入口锵鸣初未熟，低头咀噍不容忙。
客来为说晨兴晚，三咽徐收白玉浆。

宋代文学家苏辙虽然多才，可是从小体弱多病，年老之后，更是出现了腰背酸痛、腰膝酸软等症状。他苦不堪言，多方求医，却没有一个方子能起到效果。

后来家乡眉山有一个颇通医理的老翁前来拜访苏辙。这位老翁中过秀才，只可惜屡试不第，到老了还是个秀才，郁郁不得志。两人谈诗论文，相谈甚欢。出门相送时，苏辙腿脚酸痛，禁不住痛呼出声。老翁关心地询问，苏辙便照实把他的苦恼告诉了老翁。

老翁思忖半晌，给了他一个建议，说食用栗子就可以治疗他的病，苏辙听了之后不信。老翁便详细跟他介绍栗子的妙用与药效，并嘱咐他一定要早晚都坚持食用栗子，并且细细咀嚼，然后分三口徐徐咽下。临走时，老翁还对他说：

这是我的家传秘方。

苏辙将信将疑，依言而行，咬一口栗子，便觉满口生香，精神为之一振。他之前不过是抱着姑且一试的心态，结果栗子味美，他越吃越喜欢，简直停不下来。坚持一段时间后，苏辙果然感觉身体渐渐旺健起来，没有了之前那些衰弱疲软的症状。他高兴不已，于是就作了一首诗，称赞栗子的功效，感谢老翁的相助。

栗子，为壳斗科栗属植物板栗的种仁，又称板栗、毛栗、凤栗、栗果等，素有“干果之王”的美誉。栗子滋味十分香甜甘美，宋代诗人范成大曾咏栗子“紫烂山梨红皱枣，总输易栗十分甜”，认为栗子的甘甜远在山梨和红枣之上。

在《红楼梦》第十九回《情切切良宵花解语　意绵绵静日玉生香》里，宝玉的乳母李嬷嬷来看宝玉，赌气将宝玉留给袭人的酥酪吃尽，宝玉回来后，袭人只得哄骗宝玉去吃“风干栗子”。风干栗子是江南名食，做法是取新鲜栗子择净，放于布口袋中，悬挂于自然通风处阴干后即可取用，食用时去壳即食。

人们不仅爱吃生栗子，还喜欢把栗子炒熟了吃。清代郭兰皋在《晒书堂笔录》中说：“及来京师，见市肆门外置柴锅，一人向火，一人高坐杌子上，操长柄铁勺频搅之，令匀偏。”古代还有一首写糖炒栗子的小诗，写得很是生动活泼：“堆盘栗子炒深黄，客到长谈索酒尝。寒火三更灯半灺（xiè），门前高喊灌香糖。”一大盘金黄色油汪汪的栗子令人垂涎欲滴，与朋友秉烛长谈时，边吃栗子边喝小酒，怎么想都惬意得很。

栗子还可制成各种糕点美食，如栗糕，最早见于南宋周密的《武林旧事》一书。清代袁枚的《随园食单》也有栗糕条，云：“煮栗极烂，以纯糯粉加糖为糕蒸之，上加瓜仁、松子，此重阳小食也。”袁枚是文学家也是美食家，他所记载的栗糕，是把栗子煮得熟透，再加入糯米和糖，洒上瓜仁和松子，便是香喷喷的栗糕了，是重阳时江南地区的民众喜爱的美味小零食。

《红楼梦》第三十七回《秋爽斋偶结海棠社　蘅芜苑夜拟菊花题》里，袭人“端过两个小掐丝盒子来，先揭开一个，里面装的是红菱和鸡头两样鲜果；又那一个，是一碟子桂花糖蒸新栗粉糕”。这栗粉糕即板栗糕，是用栗子制成的，和桂花糖一起蒸，板栗糕中又融入了桂花的清甜，想着都甜香满颊。

栗子药食同源，除了是美食，还是一味中药。它性平，味甘、微咸，具有养胃健脾、补肾强腰的功效，可防治高血压、冠心病、动脉硬化、骨质疏松等疾病，常食可达到抗衰老、延年益寿的目的。苏辙便是坚持服用栗子，使得身体旺健起来的。

《黄帝内经》把栗、李、桃、杏、枣并称为“五果”，说“五果为助”，食之能助养强身。“药王”孙思邈在《备急千金要方》中称栗子：“肾之果也，肾病宜食之。”《本草纲目》记载：“以袋盛生栗，悬挂风干，每晨吃十余颗。随后吃猪肾粥助之，久必强健。”但栗子生食难以消化，熟食又容易滞气，因此一次不宜吃太多。

南乡子

（宋）李之仪

绿水满池塘。点水蜻蜓避燕忙。杏子压枝黄半熟，邻墙。风送花花几阵香。角簟衬牙床。汗透鲛绡昼影长。点滴芭蕉疏雨过，微凉。画角悠悠送夕阳。

杏子：杏子压枝黄半熟

杏林是中医的象征，素有“杏林春暖”的说法，这个说法来自《太平广记》记载的一个故事。

三国时有名医董奉，医术神通，药到病除，患者为了感谢他，每每送来很多礼物。他谢绝说不用多礼，凡治好了病的患者都在他的住处种上几株杏树以表心意便可。“重病愈者使栽杏五株，轻者一株。如此数年，得十万余株，蔚然成林”，仅仅数年，所种杏树已蔚然成林，待到春天，晓天明霞，杏花疏影，令人心旷神怡。

董奉便让山中百禽群兽游戏其下。待到杏子熟时，董奉便在杏林之中搭建了一座草仓，里面堆满了采摘下来的杏子。董奉对想要买杏的人说：“欲买杏不须报奉，但将一器谷置仓中，即自往取一器杏去。”常有人置谷来少而取杏去多者，林中群虎便出而吼之，吓得那人连滚带爬地跑了。如果有人偷杏子，群虎便逐之咬死。家人知其偷杏，便带他去找董奉，董奉便将之救活。当杏子都换成了谷子，董奉便开仓放粮以救贫乏之人。从此以后，杏林成了中国传统医学即中医的象征。

杏为蔷薇科杏属植物，其果实杏子自古就作为食养佳品。《黄帝内经》记载：“五谷为养，五果为助，五畜为益，五菜为充。”意思就是谷物（主食）是人们赖以生存的根本，而水果、蔬菜和肉类等都是作为主食的辅助、补益和补充。“五果为助”中的五果，指的就是栗、桃、杏、李、枣。

杏子生吃酸甜可口，滋味鲜美，制成杏脯食用，也有良好的食养效果。《本草衍义》就说："生杏可晒脯，作干果食之。""药王"孙思邈也说，将杏制成杏脯食用，可以止咳。北宋还有一种"爽团"，其实类似于蜜饯杏子，做法是将杏子浸在水里，取生姜、甘草、丁香、花椒、缩砂、白豆蔻、盐、沉香、檀香、龙麝等研磨成粉，撒拌晒干，再撒香料，吃起来有清爽之感，因此名曰"爽团"；但杏子味酸，性热，不能多吃，《本草经集注》言其"微酸，不可多食，伤筋骨"。

杏核中的杏仁也是一种十分重要的中药。早在汉代，《神农本草经》已经知道杏仁长于止咳平喘，说它治咳逆上气。杏仁不仅可以止咳平喘，而且富含油脂，具有润肠通便的作用。明代《本草纲目》就总结了杏仁的三大功效：润肺，清积食，散滞。《本草纲目》里有一味以杏仁制成的草金丹，"可养颜不老，寿七百年"。

杏仁分为甜杏仁及苦杏仁两种，滋味不一，功效类似。甜杏仁可作药食同源的食物，苦杏仁则多作药用。甜杏仁芬芳甜美，口感细腻，为人们所喜爱。南北朝梁时的《荆楚岁时记》引《玉烛宝典》载："今人悉为大麦粥，研杏仁为酪，引饧沃之。"说当时的人们做大麦粥，并把杏仁研碎成浆，加入糖水。据说唐代的杨贵妃用以美容的杨太真红玉膏，也是用杏仁、轻粉等制成。

杏仁可制成杏仁茶，杏仁茶也是明清贵族女性经常饮用的茶点。在《红楼梦》第五十四回写到，贾母觉得有些饿了，凤姐儿忙回说有预备的鸭子肉粥和粳米粥，贾母皆不喜欢，凤姐儿又忙道："还有杏仁茶，只怕也甜。"贾母很中意，道："倒是这个还罢了。"杏仁茶也叫杏酪。清代郝懿行的《晒书堂笔录》记载有详细的做法："取甜杏仁，水浸，去皮，小磨磨细，加水搅稀，入锅内，用糯米屑同煎，如高粱糊法。至糖之多少，随意掺入。"作为宫廷美食的杏仁茶，做法还可以更为丰富，可配以花生、芝麻、玫瑰、桂花、葡萄干、枸杞子、樱桃、白糖等十余种佐料。

杏仁也可和豆腐一起制成杏仁豆腐，亦为清代宫廷美食。《宫女谈往录》里，晚清宫女荣儿回忆慈禧太后消暑时食用的甜碗子，里面就有杏仁豆腐："甜碗子是消暑小吃，有甜瓜果藕、百合莲子、杏仁豆腐、桂圆洋粉、葡萄干、鲜胡桃、怀山药、枣泥糕等。"

梨子：玉齿寒冰嚼欲无

梨

（宋）刘子翚

尚想飞花照崎疏，离离秋实点烟芜。丹腮晓露香犹薄，玉齿寒冰嚼欲无。

旧有佳名留大谷，谁分灵种下仙都。蔗浆不用传金碗，犹得相如病少苏。

梨为蔷薇科梨属多年生落叶乔木，梨的花便是梨花。梨花有一种清绝的美，如同清丽却含着淡淡哀愁的女子。因此，梨花在唐诗中也经常用来烘托闺怨。

唐代诗人刘方平的《春怨》中云："寂寞空庭春欲晚，梨花满地不开门。"黄昏渐渐降临了，屋子华丽精致，却空寂无人，女子即使垂泪又能如何，无人见到她的泪痕。她只得走到庭院里去散心，但庭院之中也是空空荡荡，了无生趣。早春鲜妍明媚已经不再，此刻暮春的气息弥漫着整个庭院，春光即将逝去了。

一地的梨花，零落的香气，浮在这薄暮中。一种凄迷的美、一种孤寂的美，刹那间弥漫整个心间。把门轻轻关好，独自沉浸在这暮春的美丽与哀愁之中。

白居易曾作《江岸梨花》，将梨花比作美貌幽怨的孀居妇人："最似孀闺少年妇，白妆素袖碧纱裙。"他在《长恨歌》中形容杨贵妃的模样就是："风吹仙袂飘飖举，犹似霓裳羽衣舞。玉容寂寞泪阑干，梨花一枝春带雨……"后来"梨花带雨”一词，就专门用来形容美女哭泣的样子。宋代苏轼曾有词曰：“故将别语恼佳人，要看梨花枝上雨。”

梨的果实梨子则是甜脆满颊的水果，沁凉多汁，是人们平日喜欢的水果，有“天生甘露”“百果之宗”的美誉。

梨子最早见于《诗经》，《秦风》中提到的“檖”，便是一种味酸的梨。到了汉代，梨已经广泛种植，《史记》中记载：“淮北、荥南、河济之间，千株梨其人与千户侯等也。”《西京杂记》中也有“上林苑有紫梨、青梨、大谷梨、紫条梨、瀚海梨”的记载。唐玄宗精通音律，常在都城光华门禁苑中一处广植梨树的果园里进行表演。因此，后世称戏剧界为“梨园”。

梨花有美容功效，可令肌肤雪白，据李时珍的《本草纲目》记载，梨花可去面黑粉滓。梨子也可入药，性凉，味甘、微酸，能生津润燥，清热化痰。《本草纲目》中指出，梨有治疗风热、润肺凉心、消痰降火、解毒之功。“梨，生者清六腑之热，熟者滋五脏之阴”，但过多食梨也容易损伤脾胃，影响消化。

秋季为食梨之季，人们每日吃上一两个秋梨可缓解秋燥、养阴清热。不过唐人钟爱食用梨子，创造性地制成了秋梨膏，可以一年四季都吃到梨子。清代赵其光的《本草求原》记载，唐武宗李炎某日患病，口干舌燥，心中如火，御医束手无策。这时，有一位来自青城山的道士前来面圣问诊，并诊断唐武宗为秋燥症，并用梨、蜂蜜及几味“秘而不宣”的中草药配伍熬制成蜜膏，唐武宗服下蜜膏之后果然病愈。这蜜膏也就成为最早的秋梨膏，秋梨膏恰好是一味针对“秋燥”的良药。

梨子还是一味治疗消渴病的良药。据宋代孙光宪的《北梦琐言》记载，唐代有一士人患上消渴病，口渴易饥，日渐消瘦，多方求医问药，却均不奏效。后来他找到当时的一位名医梁新，梁新诊断后也认为病情严重，难以治疗，要他赶紧回乡安排后事。士人惶恐不安之时，偶然遇到了陕西富县的医者赵鄂。赵鄂诊断之后，建议士人每天多吃秋梨，“不限多少，咀龁（hé）不及，捩（liè）汁而饮”，或许还有治愈的希望。士人于是一边赶路回家，一边坚持吃梨，回到家之后，依然感到口渴就吃梨。过了不久，便觉身心轻松，数月后，士人的病终于痊愈了，可见梨子治疗消渴症的奇效。《本草衍义》记载，梨子还可用于酒后口渴："唯病酒烦渴人，食之甚佳。"

梨除了可供生食，还可酿酒、制梨脯，也可蒸煮后食用。《红楼梦》第八十回里，宝玉问道士王一贴可有贴女人的妒病方子没有，王一贴听了便开出一种汤药"疗妒汤"："用极好的秋梨一个，二钱冰糖，一钱陈皮，水三碗，梨熟为度。每日清早吃这么一个梨，吃来吃去就好了。"秋梨、冰糖、陈皮，都是甜滋滋的清香食物，而且各具功效。冰糖可补中益气，和胃润肺；梨可以润肺通便，祛痰化咳；陈皮可理气健脾，燥湿化痰。清代李文炳的《经验广集》记录了一种五汁膏，鸭梨、白萝卜、生姜、炼乳、蜂蜜共煎为膏，滴水成珠，可润秋燥，止虚劳，治久咳不止。以沸水冲服，亦可加少许黄酒服用。

梨子除了味美，气味也很芬芳。古代有一种极其旖旎清甜的香料，名为"鹅梨帐中香"，传为南唐李后主所制。唐代冯贽的《南部烟花记》记载配方："沉香末一两，檀香末一钱，鹅梨十枚。右以鹅梨刻去瓤核，如瓮子状，入香末，仍将梨顶签盖。蒸三溜，去梨皮，研和令匀，久窨，可爇。"梨子之清甜，加上沉香与檀香的芬芳，氤氲出南唐李后主对审美生活的极致追求。

奉和白太守拣橘

（唐）张彤

凌霜远涉太湖深，双卷朱旗望橘林。
树树笼烟疑带火，山山照日似悬金。
行看采掇方盈手，暗觉馨香已满襟。
拣选封题皆尽力，无人不感近臣心。

橘子：暗觉馨香已满襟

橘为芸香科柑橘属植物橘及其栽培变种的成熟果实，自古便受到人们的喜爱和重视。《尚书·禹贡》记载，在夏禹时代，橘子是进贡帝王的珍贵水果，“厥包橘柚锡汞”。春秋战国时期，橘树已经在多地广泛种植，并受到人们喜爱。

战国时期著名诗人屈原作《橘颂》，赞美橘树：“绿叶素荣，纷其可喜兮。曾枝剡棘，圆果抟兮。青黄杂糅，文章烂兮。精色内白，类可任兮。”《橘颂》也是中国文人写的第一首咏物诗。屈原借橘树来抒发自己的意向。橘树不仅绿叶繁茂，果实饱满，色彩绚丽，还有着非常珍贵的内涵，独立南国，不愿移植，忠贞不贰，远离世俗，而不随波逐流，“年岁虽少，可师长兮”。

唐代诗人皮日休作有《早春以橘子寄鲁望》：“个个和枝叶捧鲜，彩凝犹带洞庭烟。不为韩嫣金丸重，直是周王玉果圆。剖似日魂初破后，弄如星髓未销前。知君多病仍中圣，尽送寒苞向枕边。”宋代词人苏轼作有一首《浣溪沙·咏橘》：“菊暗荷枯一夜霜。新苞绿叶照林光。竹篱茅舍出青黄。香雾噀人惊半破，清泉流齿怯初尝。吴姬三日手犹香。”橘子绚烂可爱，清甜无比，食用后才觉得微微泛酸，而它又是那么芬芳。吃完三日之后，仍然有淡淡香气萦绕在手上。“吴姬三日手犹香”，这真是美好的香气啊！明代张岱季叔张烨芳独爱橘子，橘子成熟之时，整日吃橘子，“橘熟，堆砌床案间，无非橘者，自刊不给，辄命数僮环立剥之”。

橘子因酸甜可口，也常用来做成蜜饯橘子。宋代，用糖为原料的蜜饯类，已经发展得极为丰富。《西湖老人繁胜录》中记载有蜜金橘、蜜木瓜。《山家清供》中记载有清雅小食洞庭饐（yì），如小钱币大小，清香蔼然，食之恍若在洞庭万顷柔波之上，真是“不待满林霜后熟，蒸来便作洞庭香”，其做法是：“采莲与橘叶捣之，加蜜和米粉作饐，各合以叶蒸之。”清代有橘红糕，有蜜饯或者糖渍金橘入糕，再加上糯米粉、白糖、红曲，味道清甜微酸。

橘子果、皮、络、核、叶皆可入药。橘子味甘酸、性温，具有开胃理气，止咳润肺的功效，可治胸膈结气、呕逆少食、胃阴不足、口中干渴、肺热咳嗽及饮酒过度。橘络可通络化痰、顺气活血。橘叶可以疏肝理气、消肿散毒。把橘皮的白色内层去掉之后的表皮叫橘红，能起到理肺气、祛痰的效果。橘花和橘叶还可以用来蒸香，可作为芳香疗法，南唐时有“李主花浸沉”的合香：“沉香不拘多少，剉碎，取有香花蒸，酴醾、木犀、橘花或橘叶亦可，福建茉莉花之类，带露水摘花一碗，以瓷盒盛之，纸盖入甑蒸食顷，取出，去花留汁，汁浸沉香，日中曝干，如是者三，以沉香透润为度。”采集酴醾、木犀、橘花或橘叶，封在瓷盒中蒸，再用花汁浸润沉香。宋代《陈氏香谱》南方花条载：“梅花、瑞香、酴醾、栀子、茉莉、木犀及橙橘花之类，皆可蒸。”

橘子皮的中药名叫陈皮，辛、温、香，清胸散寒，健胃化痰。它还能帮助消化、调理胃气，治疗腹胀和厌食症，直接用开水冲泡饮用。新鲜的橘子皮则不宜泡水饮用，由于鲜橘皮中含有的挥发油较多，容易刺激消化道和胃，会导致消化功能紊乱。《本草纲目》载，陈皮“同补药则补，同泻药则泻，同升药则升，同降药则降”。《红楼梦》中提到的酸梅汤就用乌梅、陈皮、山楂、甘草、冰糖等制成，能收敛浮火、生津清热，还可以消积化食，止咳化痰。

中医药文化中，素来有“橘井泉香”的说法。医家常用“橘井”一词来为医书取名，诸如“橘井元珠”“橘杏春秋”等。《列仙传》载，西汉文帝时，湖南郴州人苏耽医术精湛，热心为百姓治病，而且分文不取，人们称他为“苏仙翁”。他常用橘叶与井水煎熬成药，救济病人。有一次，苏耽有事外出，需三年方回。临走时，他对母亲说，来年会有一场大瘟疫，用井水和橘树就能治疗。患者如恶寒发热，胸膈痞满，给他一升井水，一片橘叶，煎汤饮服，立可痊愈。后来的情况果然如苏耽所言，瘟疫流行，求医者众，服下橘叶和井水熬成的汤，很快就病好了。此后，人们便以“橘井泉香”来歌颂医家救人的功绩。

橙子：最是橙黄橘绿时

赠刘景文

（宋）苏轼

荷尽已无擎雨盖，菊残犹有傲霜枝。

一年好景君须记，最是橙黄橘绿时。

橙子是芸香科柑橘属植物橙树的果实，为柚子与橘子的杂交品种，亦称为柳橙、甜橙、黄果、金环、柳丁。

橙子和橘子经常在诗词中一同出现。宋代苏轼曾写过一首《赠刘景文》："荷尽已无擎雨盖，菊残犹有傲霜枝。一年好景君须记，最是橙黄橘绿时。"正是秋末冬初，荷花已谢，昔日亭亭如盖的荷叶也早已不见，菊枝也只剩下残花，只有那枝干还在傲立风霜。一年中最美好的季节不是百花争艳的春天，而是这橙子欲黄、橘子尚绿的季节。

《红楼梦》第五十回《芦雪庵争联即景诗　暖香坞雅制春灯谜》里，也有橙子和橘子的共同出场：一夜大雪后，地上大雪竟积了一尺多厚，大观园的姑娘们集中在暖香坞吃烧鹿肉，即景写诗。在即景联诗时，各人房中的丫鬟们都送了衣服来。袭人也遣人送了衣服来，"李纨命人将那蒸的大芋头盛了一盘，又将朱橘、黄橙、橄榄等物盛了两盘，命人带与袭人去"。朱橘、黄橙，颜色鲜明可爱，滋味酸甜可口。

橙皮颜色为橙黄色，如黄昏时的光线，其色调比橘子更为温暖和清艳。唐末五代时，后唐君主剜去橙肉，用橙皮做成“软金杯”，以此盛酒，橙子的清香浸入酒气之中，更觉芳醇。元代“软金杯”依然流行，元人卢挚曾赋有《橙杯》：“摘将来犹带吴酸，绣毂轻纹，颜色深黄。纤手佳人，用并刀剖出甘穰。波潋滟宜斟玉浆，样团圞雅称金觞。酒入诗肠，醉梦醒来，齿颊犹香。”

当然，比之橙皮，古人更醉心于橙子的清香甘甜。唐代就用橙汁来调味，类似今天的柠檬汁。王昌龄的诗中有“青鱼雪落鲙橙齑”之句，岑参诗中有“砧净红鲙落，袖香朱橘团”之句，韩翃诗中有“衣香楚山橘，手鲙湘波鱼”之句，即是用橙汁来调和鲜甜的生鱼片。北宋周邦彦曾经写过一首著名的《少年游》，其中有句：“并刀如水，吴盐胜雪，纤手破新橙。”银亮的小刀，雪白的盐粒，一双纤纤素手剖开了鲜亮多汁的橙子。“纤手破新橙”，登时只觉美人之温柔多情，橙子之新鲜芬芳。

南宋林洪的《山家清供》中有“蟹酿橙”的做法：精选黄熟的大橙子，截去顶，剜掉肉瓤，留少许液汁，将蟹肉放进装满，再将顶盖上，放进盆里用酒醋水蒸熟，再加醋、盐拌食。蟹酿橙中融合了酒、橙、蟹之风味，食之既香而鲜。

宋人爱把橙子和螃蟹一起食用，南宋刘辰翁的《望江南·秋日即景》中也吟道：“梧桐子，看到月西楼。醋酽橙黄分蟹壳，麝香荷叶剥鸡头。人在御街游。”梧桐悄落，月满西楼，螃蟹正肥，剥开蟹壳，露出嫩黄如橙的膏黄，蘸上早已准备好的陈醋，已经剥好的雪白鸡头用嫩荷叶包裹，洒上麝香，人在御街闲逛，何等潇洒自在。南宋刘克庄在《初冬》中亦有“叶浮嫩绿酒初熟，橙切香黄蟹正肥”之句。新酿出来的酒像竹叶一样嫩绿，煮熟的螃蟹像剖开的橙子一样嫩黄，十分明丽可爱。

清代《养小录》中记录有橙糕：“黄橙，四面用刀切破，入汤煮熟，取出，去核捣烂，加白糖，稀布沥汁，盛瓷盘。再炖过，冻就切食。”将黄橙四面用刀切破，入水煮熟后取出，去核捣烂，放入白糖，沥汁后放于瓷盘上火炖过，结成冻后，再切着吃。

橙子味甘、酸，性凉，具有生津止渴、开胃下气、帮助消化、防治便秘的功效。饭后食橙子或饮橙汁，有解油腻、消积食、止渴、醒酒的作用。橙皮性味甘苦而温，止咳化痰功效更胜过陈皮，是治疗感冒咳嗽、食欲不振、胸腹胀痛的良药。

虽然橙子和橘子都属于柑橘类，都是润肺止咳的水果，但它们是有区别的。民间有“热咳吃橙，寒咳吃橘”的说法，若咳嗽是受凉感冒引起，且咳痰清稀白黏，这属于风寒性咳嗽，适合吃些温性的橘子；如果喉咙肿痛、咳嗽、痰黄，这是风热性咳嗽，吃些清热化痰的橙子为宜。

木瓜：只因投我得琼琚

海棠木瓜二绝句木瓜答海棠

（宋）王禹偁

莫夸颜色斗扶疏，穠艳繁香总是虚。

看取卫风诗什里，只因投我得琼琚。

《卫风·木瓜》是现今传诵最广的《诗经》名篇之一，唱的是这么一首简单但动人的歌儿：“投我以木瓜，报之以琼琚。匪报也，永以为好也。投我以木桃，报之以琼瑶。匪报也，永以为好也！投我以木李，报之以琼玖。匪报也，永以为好也！”

这是一首读起来令人心中颇觉欢畅的诗，活泼轻快。木瓜本身是一种令人欢悦的水果，在把木瓜赠送出去的过程中，赠送的人和接受的人都是十分愉快而坦然的。你送给我清香芬芳的木瓜，我回赠给你莹洁晶澈的美玉，你友好而慷慨，而我回赠给你的，也能在瞬间点亮你的眼睛。善良与期待，得到了意想不到的巨大回报。而我不觉得那是我给予你的回报，因为，那是我对你的无比珍视，那是我希望能够和你永远友好下去。这份情感不能以世俗眼中的物价来衡量。在我的心里，我赠予你的美玉，和你之前送给我的木瓜的分量，是一样重的。

《诗经》里的木瓜是蔷薇科木瓜属落叶灌木，开的花儿非常悦目。木瓜花儿是海棠花的一种，因此木瓜又叫作木瓜海棠，属于蔷薇科木瓜属。花儿具有粗而短的花梗，花瓣丰厚，花色粉红或者粉白，像小姑娘漂亮的腮。一簇簇木瓜花开在春风里，如云霞一般缤纷烂漫。古诗词中也有如“风吹榆荚叶，雨打木瓜花”“馆娃宫中春日暮，荔枝木瓜花满树”等众多歌咏木瓜花的句子。因此，木瓜也是古代著名的观赏树种。

木瓜的果实则比花儿更加有名。木瓜果呈长椭圆形，果梗也是短短的，将果实切开来，可以看到果肉呈淡淡的乳黄色，颜色柔和得像绸缎一般。木瓜果不仅色泽漂亮，还具有极其馥郁的芳香气味，令人闻了只觉心中也是甜甜的欢喜。木瓜清新的香气很得文人之心，南宋诗人吕本中就感叹“把玩不去手，举室生清芬”。南宋词人朱敦儒还将木瓜置于枕旁，枕着果香入梦，并写下“枕畔木瓜香，晓来清兴长”的词句。

虽然香气袭人，但木瓜果的滋味却不是甘甜的，生吃木瓜果会口感酸涩，所以不能直接食用，要在蒸煮过后，用蜜糖浸渍过后才能入口，吃起来酸甜宜人，别具一格。木瓜果有一个美名，叫作“万寿果”，性温味酸，可以入药，有平肝和胃、祛风除湿、滋脾益肺的功效。以木瓜、玉竹、栀子、五加皮、川芎、当归、红花等制成的药酒，可以治疗腰腿疼痛、脚气等症。

现代生活中作为水果食用的木瓜实际是番木瓜，原产于南美洲，在17世纪时传入我国。番木瓜可以直接生食，滋味清甜，和《诗经》里的木瓜并不是同一种水果。

木瓜身上寄予了这么美好的象征意义，在古诗词之中自然出现频率也不低。北宋诗人黄庭坚写诗给自己的好友王朴，就用了木瓜这个典故：“投我木瓜霜雪枝，六年流落放归时。”北宋诗人苏轼也曾写下“感子佳意能无酬，反将木瓜报珍投”这样表达朋友真挚情感的诗句。北宋诗人王禹偁（chēng）曾作《海棠木瓜二绝句木瓜答海棠》来称赞木瓜：“莫夸颜色斗扶疏，穠艳繁香总是虚。看取卫风诗什里，只因投我得琼琚。”

木瓜的枝、叶、皮、根也可以入药，煮汁饮，可止“霍乱、吐下、转筋”等症。现代女性爱吃的木瓜炖雪蛤，便是以木瓜、雪蛤和鲜奶为主要食材，颇有润肤养颜的功效。

山药：一杯山药进琼糜

秋夜读书每以二鼓尽为节

（宋）陆游

腐儒碌碌叹无奇，独喜遗编不我欺。

白发无情侵老境，青灯有味似儿时。

高梧策策传寒意，叠鼓冬冬迫睡期。

秋夜渐长饥作祟，一杯山药进琼糜。

山药为薯蓣科薯蓣属植物山药的块茎，入药始见于《神农本草经》，其名为“薯蓣”。山药还有山芋、修脆、白苕、扇子薯、佛掌薯等20多种别称。至于“山药”这个名字的由来，可谓是一波三折。

《本草纲目》记载，唐代为了避唐代宗李豫之讳（因“蓣”与“豫”同音），将“薯蓣”改名为“薯药”。到了宋代，为了避宋英宗赵曙之讳（因“薯”与“曙”同音），“薯药”又改名为“山药”，并一直沿用至今。

山药以根入药，味甘，性平，无毒，是药食同源的植物之一，可以健脾益胃、益肺止咳，大有滋补功效。《本草纲目》记载，山药可“益肾气，健脾胃，止泄痢，化痰涎，润皮毛”，又道“久服，耳目聪明，轻身不饥延年”。《本草正》说：“山药，能健脾补虚，滋精固肾，治诸虚百损，疗五劳七伤。”

“医圣”张仲景的八味肾气丸就用了山药，“以其凉而能补也。亦治皮肤干燥，以此物润之”。八味肾气丸含有干地黄、山药、山茱萸、泽泻、茯苓、牡丹皮、桂枝、炮附子八味中药材，具有温补肾阳之功，主治腰酸腿软、小便不利、脚气、痰饮、消渴等症。山药入药有生用和炒用之分，《本草求真》言其“入滋阴药中宜生用，入补脾宜炒黄用”。

山药还广泛应用于众多复方，如固精丸、易黄丸、山芋丸、山药酒等。著名的中成药六味地黄丸，就由熟地黄、山茱萸、山药、泽泻、牡丹皮、茯苓组成，为补益剂，具有滋阴补肾之功效。

山药的吃法多样，可以做成多种药膳美食，如山药薏米芡实粥、羊肉炖山药、清炒山药、拔丝山药、山药桂花莲藕汤等，是药食同源的著名食材，素来受到人们的喜爱。

宋代诗人陆游在秋夜下读书，读得累了，就煮了一碗山药来吃，并作了一首《秋夜读书每以二鼓尽为节》，其中有句“白发无情侵老境，青灯有味似儿时”特别有意味。岁月无情，白发已生，但青灯黄卷，仍是亲切得犹如少年时。寒夜漫漫，腹中饥饿，一杯山药做的粥，便是琼浆一般，“秋夜渐长饥作祟，一杯山药进琼糜。”陆游在吃斋养病时确定的食谱中也选用了煮山药：“久因多病疏云液，近为长斋进玉延。”玉延是山药的别名。宋代陈达叟曾写过一首《玉延赞》的小诗称赞山药：“山有灵药，绿如仙方，削数片玉，清白花香。”

明代文学家唐伯虎也常食山药，“柴门深闭蓣徐煨，沽得邻家村酿来。白发衰颓聊遗岁，山妻稚子笑颜开”。深山之中，邻家买酒，便以煨山药作为下酒菜食用，妻子和孩子也喜食山药，因此笑逐颜开。明代御医陈实功首制八珍糕，由党参、茯苓、白术、扁豆、莲子、薏米、山药、芡实等药食同源的中药制成，不仅滋味细腻爽口，还可治脾胃虚弱，纳少，身体疲倦，面黄肌瘦。陈实功道其“服至百日，可轻身耐老”。南宋《山家清供》中记录有金玉羹，便是用山药与栗子以羊汁加料煮成。

清代小说《红楼梦》中也出现枣泥山药糕，秦可卿病重，食不下咽，只有枣泥山药糕可以吃下几块。这是因为新鲜山药含有一种叫消化酵素的物质，可以帮助胃肠对食物进行消化吸收。

薏苡：明珠薏苡无人辨

送杨九思赴广西都尉经历

（明）贝琼

邛筰康居路尽通，西南开镇两江雄。

汉家大将推杨仆，蛮府参军见郝隆。

象迹满山云气白，鸡声千户日车红。

明珠薏苡无人辨，行李归来莫厌穷。

薏苡为禾本科薏苡属草本植物，生长于长江以南的屋旁、荒野、河边、溪涧或阴湿山谷中。它的果仁，即薏苡仁，又名苡米、苡仁、薏米、起实、草珠珠、米仁、六谷子等。薏苡八月可采仁，《本草纲目》记载："薏苡仁生真定平泽及田野。八月采实，采根无时。"

薏苡仁为卵形或者椭圆形，洁白如玉，细小如珠，只是头略尖，很像鸡心，广东一带常以薏苡仁作为传情之物以表心意。明末清初文学家屈大均曾写过一首民风风味浓郁的小诗，其中有"郎是簳珠儿，侬是薏珠子。自怜同一珠，甘苦长相似"的清新活泼之句，这簳（gàn）珠儿、薏珠子也都是薏苡仁的别称。

薏苡仁之所以广为人知，与东汉著名的伏波将军马援密不可分。据《后汉书》记载："南方薏苡实大，援欲以为种，军还，载之一车。……及卒后，有上书谮之者，以为前所载还，皆明珠文犀。”

马援曾经率领军队平定南疆叛乱，打到交阯（今越南北部）的时候，士兵们水土不服，又被南方的瘴气侵袭，不少人得了病，寒战发热、手足麻木、下肢肿胀，渐渐地卧床不起，打仗无法继续进行。马援心急如焚，亲自寻医，经过多方询问，他决定采用当地民间方法，用薏苡仁入药。一来二去，果然治好了士兵的疾病。士兵们病好之后，精神抖擞，锐不可当，南征取得大捷，马援最终率领军队凯旋。

马援意识到薏苡仁可以避免瘴气侵袭，且疗效显著，是为一味良药，于是他在率领军队返回京城时，把薏苡仁装了满满一车，想把这种药植引入中原，以备不时之需。本来这是一心为国、深谋远虑之举，但京城里的人从没见过薏苡仁，以为马援从南方带来了满车的奇珍异宝、明珠文犀，更有小人因此嫉妒而眼红不已。

马援死后，有人不停地上书诽谤马援，光武帝大怒，把封马援为新息侯的大印都收回去了，还逼迫马援遗体葬于城西。马援的家属不敢将他的灵柩运回家乡，亲戚朋友没有一个人敢来吊唁。后来，马援家属为了洗刷其冤屈，先后六次上书光武帝阐明真相，一代名将的冤屈才得以昭雪。

后来因为这件事，便产生了“薏苡明珠”这个成语，比喻被人诬蔑，蒙受冤屈。后人对此感慨颇多，明代诗人贝琼便以此为典，叹道：“明珠薏苡无人辨，行李归来莫厌穷。”

薏苡仁是一种常用的利水渗湿中药，味甘淡，性凉，具有健脾、祛温、补脾、利湿的功效。薏苡仁无毒，可以用作药膳食疗。经常服用薏苡仁，还可以美容，瘦身，使得皮肤细腻，身轻体健。《神农本草经》记载，薏苡仁“久服，轻身益气”。《本草纲目》则记载，薏苡仁“健脾益胃，补肺清热，去风胜湿。炊饭食，治冷气。煎饮，利小便热淋”。

《本草纲目》中记载有薏苡仁饭。用薏苡仁舂熟，炊为饭食。其气息与味道，便如小麦饭一般，甚至更为味美。北宋文学家苏轼曾写诗这样称赞薏苡仁饭：“不谓蓬荻姿，中有药与粮。舂为芡珠圆，炊作菰米香。”薏苡仁煮粥也是不错的药膳，做法即是将薏苡仁研磨为末，与粳米一同煮粥，天天食用，对身体大有好处。清末民初中医泰斗张锡纯“珠玉二宝粥”，就是用生山药、薏米、柿霜饼熬制而成，可充饥饱腹，还能治疗阴虚之证，“病人服之不但疗病，并可充饥，不但充饥，更可适口”。

薏苡的根、叶也可做药用。据《本草纲目》记载，薏苡根煮汁糜食甚香，去蛔虫，很有成效。薏苡叶于暑月煎饮，可暖胃、益气血。初生小儿用薏苡叶煎水沐浴，可防止疾病入侵；但脾虚者与孕妇慎用薏苡根、叶。《本草纲目拾遗》中记载，薏苡根“煮服，堕胎”。

别友人

（唐）黄滔

已喜相逢又怨嗟，十年飘泊在京华。
大朝多事还停举，故国经荒未有家。
鸟带夕阳投远树，人冲腊雪往边沙。
梦魂空系潇湘岸，烟水茫茫芦苇花。

芦苇：烟水茫茫芦苇花

蒹葭，大概是《诗经》中最著名的植物了，它其实就是水边最常见的芦苇。蒹是没有长穗的芦苇，葭就是初生的芦苇，因此，蒹葭指的就是芦苇了。在《诗经》里，芦苇是和缥缈温柔、可望而不可即的古典爱情联系在一起的。

《国风·秦风·蒹葭》里轻轻吟唱着："蒹葭苍苍，白露为霜。所谓伊人，在水一方。溯洄从之，道阻且长。溯游从之，宛在水中央。"在这首诗里，讲的是这么一个故事：一个深秋的清晨，一位男子站在河边遥望着自己心仪的姑娘，水边的茂密芦苇轻轻摇曳着，而芦苇上的露珠则晶莹剔透，有的已经凝结成淡淡的霜。那姑娘伫立在河岸边，仿佛一个美好的梦一般。但男子逆着河流的方向去找她，道路显得崎岖而又险阻，顺着河流的方向去找她，她却宛若在水的中央。在她身边，芦苇随风摇动，氤氲着一种若有若无、缥缈梦幻的感觉，令人荡气回肠。他于是唱起了这么一首惆怅的歌，被路过的采诗官听到，记录下来，就成了这么一首美丽的诗了。

芦苇植株细巧修长，有一到三米高，而茎的直径只有一到四厘米，因此它像苗条的女孩子一般亭亭玉立。风吹过来的时候，芦苇轻轻摇曳着，仿佛是一群女孩子在踮着脚尖轻盈地跳着芭蕾舞。芦苇的叶子碧青欲滴，长长的，散发着清新的香味。它的花儿是圆锥花序，因此开花的时候，花儿便是一簇簇、一串串的了。它的果子非常细小，跟芝麻差不多大。

芦苇本来就是美丽的植物，而最美的时候则是它开花之时了。秋天里，芦苇开花了，花穗上满是棉絮一般的芦花，水边摇曳着很多芦花。明净的蓝天下，芦花如初雪一般洁白蓬松，又毛茸茸的可爱，让人忍不住欢喜。

芦苇形貌柔美，又被《诗经》寄托了如此深婉的意蕴，因此在古诗词中也是时常出现的意象。在诗人、词人笔下，芦苇和江村通常是联系在一起的，因为芦苇本就是水边的花儿。唐代司空曙曾作《江村即事》："钓罢归来不系船，江村月落正堪眠。纵然一夜风吹去，只在芦花浅水边。"由此造成了一个极美的画面：明净秋水环抱着小小村落，月下芦花如雪，掩映着小舟如叶。南宋戴复古也曾作有一首《江村晚眺》："江头落日照平沙，潮退渔船阁岸斜。白鸟一双临水立，见人惊起入芦花。"则是写黄昏中的江村芦花了。

乾隆皇帝也作过一首很生动的咏雪小诗，赞雪如芦花、芦花如雪："一片一片又一片，两片三片四五片。六片七片八九片，飞入芦花都不见。"下雪了，洁白的雪花一片又一片飞入洁白的芦花，便分不出哪些是芦花，哪些是雪花了，分外有趣。《红楼梦》中有芦雪庵，"荻芦夜雪"指的就是芦雪庵的景色，月光下飘着的点点芦花、荻花，如同新雪一般，非常好看。可见，曹雪芹也是爱芦花的人。

古人对芦苇十分喜爱，不仅在于它的诗意盎然，还在于它的药用价值。芦叶、芦花、芦茎、芦根、芦笋均可入药。《本草纲目》谓芦叶治霍乱呕逆，痈疽；芦花可止血解毒，治鼻衄、血崩，上吐下泻。《本草图经》记载它"煮浓汁服，主鱼蟹之毒"。芦苇刚刚生出来的嫩根可以做成美味佳肴，还可以熬糖、酿酒。芦根性寒、味甘，能清热生津，除烦止呕。

红枣：簌簌衣巾落枣花

浣溪沙

（宋）苏轼

簌簌衣巾落枣花，村南村北响缲（sāo）车。牛衣古柳卖黄瓜。

酒困路长惟欲睡，日高人渴漫思茶。敲门试问野人家。

红枣为鼠李科枣属植物枣的果实，又名大枣、干枣、枣子。枣树是我国原生植物，至少有3000年的种植历史。枣自古以来就被列为“五果”之一，早在《诗经》之中就有“八月剥枣”的吟唱。清代《植物名实图考》记载了87种大枣。

中医认为大枣味甘，性温，具有补虚益气、养血安神、健脾和胃等作用，食疗药膳中常加入红枣可补养身体、滋润气血。清代《本草崇原》记载：“大枣补身中之不足，故补少气而助无形，补少津液而资有形。”如果时常腹泻，虚弱乏力，吃大枣也有裨益。

唐代诗人杜甫在《百忧集行》中写道：“忆年十五心尚孩，健如黄犊走复来。庭前八月梨枣熟，一日上树能千回。”他也曾是顽皮少年，梨子和枣子熟了之后，他经常爬树去摘梨子和枣子。他后来又写下《又呈吴郎》：“堂前扑枣任西邻，无食无儿一妇人。”则是以一颗悲悯之心希望邻居能够让贫苦妇人扑枣充饥。宋代王安石的《赋枣》称赞：“种桃昔所传，种枣予所欲。在实为美果，论材又良木。”宋代董嗣杲的《枣花》曰：“香落衣巾靡靡中，花垂碧涧不流冬。”

据《贾氏说林》记载，秦汉时有一个名叫安期生的方士，传说他有一颗大枣如瓜那么大，要煮三天三夜才能煮熟，枣香具有神效，可令患者闻之病愈，死者闻之复生。李少君对汉武帝说：“臣尝游海上，见安期生，安期生食巨枣，大如瓜。安期生仙者，通蓬莱中，合则见人，不合则隐。”李清照的诗《晓梦》也提到过这个典故：“共看藕如船，同食枣如瓜。”

红枣是补气养血的圣品，同时又物美价廉，民众无需买坊间昂贵的补品，善用红枣即可达到养生保健的功效。在《红楼梦》第五十二回，小丫头用小茶盘捧了一盖碗建莲红枣汤来，宝玉喝了两口。《红楼梦》第五十四回里，贾母带着内眷们在大观园里饮酒、看戏、放炮仗、观烟火，热闹非凡，至深夜不散。贾母说道：“夜长，觉得有些饿了。”王熙凤忙回道：“有预备的鸭子肉粥。”贾母说：“我吃些清淡的罢。”王熙凤忙说：“也有枣儿熬的粳米粥，预备太太们吃斋的。”

枣儿熬的粳米粥的主料是大枣与粳米，做法则是把枣子放在粳米中小火熬制，直至枣儿熬化在粥中，再将枣核和枣皮剔出，整碗粥甜香扑鼻，令人食欲大开。清代曹庭栋撰《粥谱》云：“道家方药，枣为佳饵。皮利肉补，去皮用，养脾气，平胃气，润肺止嗽，补五脏，和百药。枣类不一，青州黑大枣良，南枣味薄微酸，勿用。”枣有补血功能，故此粥宜于大观园内诸芳群钗所常用。

《西游记》中，国王向寿星讨教长寿秘方，寿星给了他三颗枣，国王服后，顿觉身轻体健。当然，功效如此神速，与寿星的枣从“仙界”来大有关系。不过，这神话也从侧面说明了大枣的养生功效，连寿星都随身带着。

《醒园录》记录有一种特别的“仙果不饥方”：“大南枣一斤，好柿饼十块，芝麻半斤（去皮炒），糯米粉半斤（炒），将芝麻先研成极细末候用。枣、柿同入饭中蒸熟取出，去皮核子蒂，捣极烂，和麻、米二粉，再捣匀，作弹子丸，晒干收贮。临饥时吃之。若再加人参，其妙不可言矣。”

用红枣加水煎汁或者与百合煮粥服用，可以助眠安神。

佛手：丹葩点漆细馨浮

佛手花

（宋）杨巽斋

丹葩点漆细馨浮，苍叶轻排指样柔。

香案净瓶安顿了，还能摩顶济人不。

佛手花为芸香科柑橘属植物佛手的花朵和花蕾，又名佛柑花。佛手在中国宋朝时期就已有栽培，相传为一位老和尚用茶树枝条嫁接在香橼上而得，就是香橼的一个变种。

佛手主要是用于居室内熏香与欣赏。佛手的花朵洁白，也是有清香的，并且一簇一簇开放。果实的形状是长条形，分裂状，像是谁伸出的一只手，惟妙惟肖。成熟的佛手颜色金黄，香气很浓烈。

宋代以来特别是明清，除了熏香、焚香以及香花，古人也开始热衷于摆果闻香。果子的甜香更加醇厚，比花香的轻盈馥郁又不相同。可供闻香的果子大多属于芸香科柑橘属的橙、柑之类，宋词中便有“红绡帐里橙犹在”“曲屏深幔绿橙香”“梦回橙在屏风曲”之类的描写。清诗中也有“清香夜满芙蓉帐，笑买新橙置枕函”之句，并有记录说：“九、十月间新橙，闺人竞市数十枚，堆盘列案，以当清供。余布枕席。”

在宋代，同属柑橘属的枸橼即香橼，已经渐渐成为闻果的主力军。宋代《证类本草》称其“香氛大胜柑橘之类，置衣笥中，则数日香不歇”“人爱其香气”；明代《长物志》说它“香气馥烈，吴人最尚以磁盆盛供”；清代《花镜》也称“惟香橼清芬袭人，能为案头数月清供”。

在香橼的变种佛手产生后，更加受到了文人雅士与贵族们的喜爱。佛手果皮极厚，瓤少难食，但香气极其浓郁，比香橼尤甚。

明代高濂在其万历间所著《遵生八笺》之《起居安乐笺》中，提及“香橼盘橐”：“香橼出时，山斋最要一事。得官哥二窑大盘，或青东磁龙泉盘、古铜青绿旧盘、宣德暗花白盘、苏麻尼青盘、朱砂红盘、青花盘、白盘数种，以大为妙，每盆置橼廿四头，或十二三者，方足香味，满室清芬。”把摆香橼当作一件要事，并罗列了各种适合置橼的大盘，还特别说明数量要十数头以上。《红楼梦》第四十回描写探春的秋爽斋：“左边紫檀架上放着一个大观窑的大盘，盘内盛着数十个娇黄玲珑大佛手。”

《宫女谈往录》里提到慈禧太后寝殿中惯用的“鲜水果换缸”：“在太后的寝殿里摆着五六个空缸，那不纯粹是摆设，是为了窖藏新鲜水果用的。太后的寝殿里不愿用各类的香薰，要用香果子的香味来熏殿，免得有不好的气味。除储秀宫外，体和殿也有水果缸。这些水果多半是南果子，如佛手、香橼、木瓜之类。”

汪曾祺在《淡淡秋光》中也写了佛手和木瓜，他说：“佛手的香味也很好。不过我真不知道一个水果为什么要长得这么奇形怪状！佛手的颜色嫩黄可爱。”又写道，他家花园有木瓜树，但是并不怎么结。他小时玩的木瓜都是从水果摊上买来的。文中说：“所谓‘玩’，就是放在衣服口袋里，不时取出来，凑在鼻子跟前闻闻。——那得是较小的，没有人在口袋里揣一个茶叶罐大小的木瓜的。木瓜香味很好闻。屋子里放几个木瓜，一屋子随时都是香的，使人心情恬静。”汪曾祺的小说《鉴赏家》，也提到了卖果子的叶三，“他还卖佛手、香橼。人家买去，配架装盘，书斋清供，闻香观赏”。

佛手的根、茎、叶、花、果均可入药，味辛、苦、甘，性温，无毒，入肝、脾、胃三经，有理气化痰、止呕消胀、舒肝健脾、和胃等多种药用功能。对老年人的气管炎、哮喘病，有明显的缓解作用；对一般人的消化不良、胸腹胀闷，有更为显著的疗效。

冬

款冬：僧房逢着款冬花

逢贾岛

（唐）张籍

僧房逢着款冬花，出寺行吟日已斜。

十二街中春雪遍，马蹄今去入谁家。

款冬为菊科款冬属植物，《本草纲目》记载："款者至也，至冬而花也。"它会在冬天先叶开花，并因此而得名，简称"冬花"。

冰天雪地里，百花凋零，唯有款冬花儿开得喜气洋洋，别具一格，其凌霜傲雪的风骨受到人们的称赞。到了正月十五时节，冰雪初融，款冬花盛开得金灿灿的，尤其明艳，所以款冬花又称为"看灯花"。

西晋文学家傅咸曾特别为款冬写了一篇《款冬赋》，称它"惟兹奇卉，款冬而生"。并在序中写道："予曾逐禽登于北山，于时仲冬之月，冰凌盈谷，积雪被崖，顾见款冬炜然，始敷华艳是也。"隆冬季节，他为了追逐一只鸟儿登上了北山，环顾四周，只见山谷之中到处都是冰凌与积雪，只有款冬花开得灿烂华丽，灼灼耀眼，不由得为之惊艳不已。

东晋医药学家葛洪也盛赞款冬，说："凝冰惨栗，而不能凋款冬之华。"宋代药物学家寇宗奭的《本草衍义》谓："百草中，惟此不顾冰雪，最先春也，故世谓之‘钻冻’。虽在冰雪之下，至时亦生芽……”款冬花不顾冰雪而开，最先带来春的气息，因此，它又有个名字叫作“钻冻”。即使是在冰雪之下，也会顽强地生出花芽。

唐代诗人张籍写有一首著名的咏款冬花的诗。张籍家境贫寒，体弱多病，有一次，他因为肺气心促，咳嗽不断而不得不卧床静养，但病情未见好转，未免忧心忡忡。

有一日，春雪纷飞，搓绵扯絮，一下子窗外便成了一个通透晶莹的琉璃世界。张籍自屋内往窗外望去，见此明净雪景，心中不由得起了赏雪之意，于是便强撑着起来，在夫人的陪同下，走到门外去赏雪。

一出门，张籍只觉寒意逼人，脸颊上如抵了冰块一般。正漫步之时，他忽然眼前一亮，只见竹篱边款冬花已开出了金灿灿的花朵，花蕊里似是洒进了太阳的光辉。张籍如逢故友，顿觉亲切，于是写下了一首《逢贾岛》：

僧房逢着款冬花，出寺行吟日已斜。

十二街中春雪遍，马蹄今去入谁家。

眼前的款冬花令他想起了一些往事。原来几年前的一天，张籍也是在春雪初融之时踏雪寻诗。当他走到一僧房前时，正遇到一老僧出来采集款冬花。张籍好奇，上前询问采花作何用。老僧于是向他解释，款冬花乃止咳良药，僧人治病，多以僧房周围的款冬花入药。

回忆往事，张籍忽然灵光一闪。他赶紧让夫人也采来一把款冬花，采下花蕾煎汤服之。果然，服下款冬花不久，张籍便觉得身心清凉，渐渐止住了咳嗽。

款冬花的气味芬芳辛辣，性质温润，无毒，是一种药食同源的食物，《本草衍义》记载：“款冬花，春时，人或采以代蔬。”款冬的嫩叶柄和嫩花苔营养丰富，清爽可口，因此春天里可以采摘来吃，是不错的蔬菜。

《日华子本草》记载，款冬花可“润心肺，益五脏，除烦，补劳劣，消痰止嗽，肺痿吐血，心虚惊悸，洗肝明目及中风”。款冬花长于止咳、祛痰，也有一定的平喘作用。《神农本草经》指出，款冬花主治“咳逆上气善喘”。张籍服用款冬花煎的汤止咳，是因为药正对症的缘故。

后世款冬花则广泛用于各种咳嗽和某些气喘，并流传一句俗语：“知母贝母款冬花，专治咳嗽一把抓。”知母、贝母、款冬花都是止咳要药，可用来治疗肺热干咳。平日也可自制百合款冬花饮治疗咳嗽，即将百合、款冬花、冰糖等放置在砂锅中煮成糖水，然后放凉饮用，有润肺止咳、下气化痰之功效。

茯苓：千年茯菟带龙鳞

病中宜茯苓寄李谏议

（唐）吴融

千年茯菟带龙鳞，太华峰头得最珍。

金鼎晓煎云漾粉，玉瓯寒贮露含津。

南宫已借征诗客，内署今还托谏臣。

飞檄愈风知妙手，也须分药救漳滨。

茯苓是一种寄生在松根上的真菌，古人以为是松树精华化生的神奇之物，东晋医药学家葛洪在《神仙传》中也有“老松精气化为茯苓”的说法，故称之为茯灵，又称松苓、伏菟、松腴、松薯等。唐代诗人李商隐就有“碧松根下茯苓多”的诗句。

《本草纲目》记载，茯苓性平，味淡而甘，气味俱薄，无毒。茯苓可健脾和胃，宁心安神，利水渗湿，主治脾虚食少、心悸失眠、泄泻、小便不利、水肿胀满。茯苓功效广泛，不分四季，将它与各种药物配伍，不管寒、温、风、湿诸疾，都能发挥功效，因此古人称茯苓为“四时神药”。

除了方剂中的应用，茯苓历来还被当作珍贵的滋补食品，可煮粥、做饼、蒸糕等。据《经验后方》记载，吃茯苓如果坚持百日的话，可以润泽肌肤、延年耐老。《神农本草经》则把茯苓列为上品，指出“久服安魂养神，不饥延年”。晋代陶弘景辞官隐退时，梁武帝令“每月赐给茯苓五斤，白蜜二升，以供服饵”。唐代诗人吴融有“千年茯菟带龙麟，太华峰头得最珍”的诗句。

《集仙录》记录了一个关于茯苓的故事。四川眉山一女子为了避难，逃到深山老林之中，不幸被山洪阻隔，只得独自一人栖身于孤寺，十多天都没法吃饭。幸好她发现，这深山之中有不少老松树，松树上生有茯苓。她便采下茯苓充饥，尝了一口，只觉滋味清淡甘美，于是饱餐一顿。这样日日以茯苓为食，她渐渐面色红润，身体轻健，百病不生，也变得越来越美丽。后来有人在山中砍柴时遇见了她，惊叹不已，以为自己遇到了仙女。这个故事有夸张的成分，但是茯苓养神补益的功能却是毋庸置疑的。

唐宋八大家之一的苏辙，对茯苓也是情有独钟。据说苏辙少年时体弱多病，“夏则脾不胜食，秋则肺不胜寒”，如果加以治疗，治肺则病脾，治脾则病肺，无法治愈，整天头晕气短，虚弱不堪。三十二岁那年，苏辙开始学习“道士服气法”，并坚持食用茯苓。一年之后，他居然神清气爽，与常人无异，“一年疾患竟愈”。

苏辙的哥哥苏轼也是养生大家，对茯苓的养生功效颇为青睐，并且作为资深美食家的他，还特意将茯苓做成美食茯苓饼，方法：以九晒九蒸之胡麻，用伏苓加白蜜少许，为饼食之，日久气力不见衰，百病自去。此乃长生要诀。在《东坡杂记》中，苏轼还记载，常吃茯苓可以“人面若处子”。面若处子，即是如未嫁的处女一样的面色，当是皎白之色中又有健康的红晕吧。

金元四大家之一张子和的《儒门事亲》中记载了茯苓饼的另一种制法：“茯苓四两，白面二两，水调作饼，以黄蜡煎熟。”茯苓又可粥食。《仁斋直指方论》中记载：“白茯苓粥，治心虚、梦泄、白浊。”明代有养生美食“阳春白雪糕”，便是用白茯苓、炒山药、芡实仁、莲子等制成，有补脾养胃、祛湿益肾的功效。明代另记载有“五白糕”，将白茯苓、白山药、白莲子、白扁豆、白菊花研为细粉后蒸糕食之，具有补中益气、开胃健脾的功效。

《红楼梦》第六十回《茉莉粉替去蔷薇硝　玫瑰露引来茯苓霜》中，柳家的得了芳官给的半瓶玫瑰露，送与她患热病的侄儿，也就是五儿的表兄。哥嫂感激不尽，便送了茯苓霜给柳家的五儿。茯苓霜即由茯苓经炮制而成的粉。据记载，其炮制方法是：将鲜茯苓取皮，磨浆，晒成白粉。因其色如白霜，质地细腻，所以得名茯苓霜。

生姜：性防积冷定须姜

螃蟹咏

（清）曹雪芹

桂霭桐阴坐举觞，长安涎口盼重阳。
眼前道路无经纬，皮里春秋空黑黄，
酒未涤腥还用菊，性防积冷定须姜。
于今落釜成何益？月浦空余禾黍香。

姜为姜科姜属多年生草本植物，在我国中部、东南部、西南部广为栽培。姜的药用品种有生姜、干姜、炮姜、煨姜之分，功效不一。姜的新鲜根茎便是生姜，别名有姜根、百辣云、炎凉小子等。初生嫩姜又名紫姜或者子姜，宋代理学家刘子翚（huī）的诗《园蔬十咏·子姜》云："新芽肌理腻，映日净如空。恰似匀妆指，柔尖带浅红。"将新嫩的子姜比作美人纤纤玉指。

生姜味辛性温，可开胃健脾，促进食欲，因此经常用作日常菜肴的调味品。曹雪芹的《红楼梦》里，大观园众人在参加螃蟹宴吃螃蟹时，就是用姜末佐之，去其腥味，因此薛宝钗的诗《螃蟹咏》中有"酒未涤腥还用菊，性防积冷定须姜"之句。

当代社会里，不少人已经到了无姜不欢的程度，将姜作为一种养生零食，直接食用，也有将姜煎成茶饮用。譬如在湖南北部湘阴、汨罗一带，自南宋以来就流行喝豆子芝麻姜盐茶，将姜、盐、黄豆、芝麻、茶叶用开水冲泡而成，又称“湘阴茶”或者“六合茶”，并日日饮之。六合茶夏日喝可清暑解热，冬季喝可驱寒祛风。

生姜除了是调味品，还是一味常用中药。据《本草纲目》记载，姜可蔬、可果、可药，久服去秽气、通神明、散风寒、止呕吐、化痰涎、开胃气、解百毒。生姜可主治感冒风寒、呕吐、咳喘、胀满等症，能解半夏、天南星及鱼蟹、鸟畜肉等毒。

据宋代洪迈的《夷坚志》记载，广州府通判杨立之从之前的职位上返回楚州，不知道什么原因，忽然患病，咽喉红肿生疮，溃破处脓血如注，昼夜不停，寝食俱废，医生们都束手无策。正好一位名叫杨吉老的医生来到楚州，于是楚州的行政长官便要杨立之的两个儿子去请杨吉老。杨吉老询问良久，又再三仔细观察之后，说不须诊脉，已经明白他的致病原因。这病很特殊，必须先吃一斤生姜片，然后才能服药，否则难以治好。说完他就转身离开了。

杨立之的儿子疑惑不定，想着父亲咽喉本已溃破流脓，疼痛难忍，怎么能再吃生姜呢？杨立之却相信杨吉老的医术，认为他的医术相当高明，绝不会戏言，先暂且试着吃一两片生姜看看，如若不行，不吃就是了，于是杨立之开始吃生姜。刚开始吃时，他并无疼痛感，反而觉得姜的味道甜而香，并且越吃越感其甘甜。吃到半斤的时候，咽喉疼痛渐渐消失。吃够一斤，开始觉得姜的辛辣之味，而咽喉脓血已止，米粥入口已无妨碍了，原来不知不觉已经病愈了，一家人都大喜过望。

第二天，杨立之又把杨吉老请来，设宴向他道谢，并请教治病的缘由。杨吉老解释说，杨立之在南方做官，必然多吃鹧鸪，而鹧鸪好吃半夏，时间长了，半夏之毒侵及咽喉，故喉痈溃流脓血不止。生姜专解半夏之毒，因而先吃生姜一斤，咽痛脓血皆以停止而愈。病源已经清除，不必再吃别的药了。

宋代文学家苏轼喜食生姜，他用蜂蜜加上生姜，做成姜蜜汤，并称其“甘芳滑辣，使人意快而神清”。他还将生姜汁提炼出姜乳，与蒸饼或米饭相合，做成药丸，每天送服十粒，认为可以延年益寿。《东坡杂记》记载:“予昔监郡钱塘，游净慈寺，众中有僧号聪药王，年八十余，颜如渥丹，目光炯然。问其所能，盖诊脉知吉凶如智缘者。自言服生姜四十年，故不老云。”

生姜首载于东汉张仲景著的《金匮要略》。《金匮要略》中还记载了不少以生姜为名的方剂，如当归生姜羊肉汤。当归生姜羊肉汤现在也是著名的药膳，可治产后腹痛、血虚头晕、面色苍白等症;不过因为生姜的活血祛瘀作用，孕妇不可多食。

历代中医药典籍里也记载了不少用生姜治病的方子。《食疗本草》记载，胃虚风热不能食者，“用姜汁半杯，生地黄汁少许，蜜一匙，水二合，和服之”。《外台秘要》记载，“久患咳噫者，用生姜汁半合，蜜一匙，煎熟，温呷三服愈”。《备急千金要方》记载，“小儿咳嗽，生姜四两，煎汤浴之”。用红糖、生姜、紫苏、荆芥熬煮的红糖姜茶，还可以治疗月经后的风寒感冒。宋代《太平惠民和剂局方》记载名方逍遥丸，用柴胡、当归、白芍、白术、茯苓、炙甘草、薄荷、生姜等中药材制成，可疏肝健脾，养血调经，常用于肝气不舒、胸胁胀痛、头晕目眩、食欲减退、月经不调等，现在也常用来治疗抑郁症。

《备急千金要方》还记载，“干呕厥逆者频嚼生姜，呕家圣药也”。生姜被称为“呕家圣药”，是因为具有极为灵验的止呕功效。生姜和具有祛风散寒功效的紫苏配合在一起，还可以治疗风寒感冒、肠胃不适，以及因食用寒凉食物过多而恶心呕吐等症。用鲜牛奶、生姜汁、白糖调制的姜汁牛奶，可以治疗虚寒性胃痛、噎膈反胃等症。

甘草：药中甘草入诸方

本草诗·甘草

（清）赵瑾叔

九土精英色正黄，药中甘草入诸方。

部分上下俱无犯，性适寒温两不妨。

梢止阴茎频作痛，节医痈肿苦为殃。

呕家酒客均当忌，炙则微温生便凉。

早在《诗经》的吟唱之中，就已有甘草的身影。《诗经》中提到甘草的地方有两处，一处是《唐风·采苓》，一处是《邶风·简兮》。《唐风·采苓》中吟道："采苓采苓，首阳之巅。"这里的"苓"就是甘草，采甘草呀采甘草，在那首阳山巅。《邶风·简兮》中，甘草则是承载了美好而充满憧憬的爱情："山有榛，隰有苓。云谁之思？西方美人。"女子看到那西方来的美男子，心中如甘草一般甜美。

甘草名字中有一个"甘"字，气味和滋味都是淡淡的甘甜。甘草味甘，性平，无毒，又叫作甜草、甜根子，是豆科甘草属多年生草本植物。《神农本草经》中又称甘草为"美草""蜜甘"。甘草可益气补中，清热解毒，祛痰止咳，缓急止痛，调和药性。远在神农尝百草的上古年代，人们就已经发现甘草乃一味解毒良药，可减缓药物毒性。到了明代，《本草纲目》引甄权语：甘草“治七十二种乳石毒，解一千二百般草木毒”。

甘草是一种补益中草药，经常用来调和诸药的药效，有“国老”之称。宋代诗人梅尧臣曾赞甘草道：“药中称国老，我懒岂能医。”南朝齐梁时医药学家陶弘景最先把甘草称为“国老”，并言：“此草最为众药之主，经方少有不用者，犹如香中有沉香也。国老即帝师之称，虽非君而为君所宗，是以能安和草石而解诸毒也。”

陶弘景把甘草称誉为“国老”，还有如下一段传说。南朝宋时，陶弘景侍从孝武帝征战有功，封晋安侯。南朝齐永明十年（492年），陶渊明辞官赴句曲山（茅山）隐居，从此开始了他四十余年的隐逸生涯。梁武帝执政时期，因慕其才学，多次重金礼聘他，希望他能出山做官，但陶弘景都婉言谢绝。不过，每当朝廷遇到需要决断的大事，梁武帝依然常常写信向他咨询，他也每每回信，提出自己的看法与建议，因此他依然参与朝政，可以说是不在朝的宰相，有时候一个月可以来往好几封信，所谓“恩礼愈笃，书问不绝”，于是时人称之为“山中宰相”。

有一日，宫中紧急来请陶弘景，原来，梁武帝连日来不思饮食，上吐下泻，众御医束手无策。陶弘景便对梁武帝进行了病情诊断，认为他荣卫气虚，脏腑虚弱，心腹胀满，肠鸣泄泻，便开出方子：“国老（炙）、人参（去芦）、茯苓（去皮）、白术各等份，研为细末，每服二钱，水煎服。”众御医却不知方中“国老”为何物，陶弘景笑曰：“国老者，甘草之美称也。甘草调合众药，使之不争，堪称国老矣。”从此，甘草便叫作“国老”了。

甘草是一味临床应用最为广泛的中药。据统计，“医圣”张仲景的《伤寒论》书中所有方子使用最多的药物便是甘草。明代李时珍则赞它为药中之良相：“甘草协和群品，有元老之功，普治百邪，得王道之化，可谓药中之良相也。”甘草协和群品，可上可下，可外可内，有和有缓，有补有泄，居中之道尽矣。其性能缓急，而又协和诸药，使之不争，“故热药得之缓其热；寒药得之缓其寒；寒热相杂者用之得其平。生用则凉，炙用则微温。梢去尿管涩痛，节消痈疽焮肿，并宜生用”。

甘草也是养生药膳之中广为采用的中药，著名补益类中药方剂四君子汤即用人参、白术、茯苓、甘草制成，具有益气健脾之功效，出自《太平惠民和剂局方》。有汤头歌诀唱道:“四君子汤中和义，参术茯苓甘草比，益气健脾基础剂，脾胃气虚治相宜。”四君子汤加入陈皮即为异功散，功兼行气化滞，治呕吐泻下、脾胃虚弱、不思饮食。四君子汤加陈皮、半夏即为六君子汤，功兼燥湿化痰，治脾胃气虚兼痰湿证。四君子汤和四物汤又可合为八珍汤，与鸡或鸭同炖，做成八珍鸡或八珍鸭，不仅养生功效极佳，滋味还鲜嫩甘美。

早在唐代《药性论》中，记载有一种名叫“冷饮子”的饮料，是用中药虎杖和甘草一起煮水制成的，色如琥珀。宋代《东京梦华录》里，甘草又和一大堆美食联袂出场，令人口舌生津:“夏月，麻腐鸡皮、麻饮细粉、素签沙糖、冰雪冷元子、水晶皂儿、生腌水木瓜、药木瓜、鸡头穰沙糖、绿豆、甘草冰雪凉水、荔枝膏、广芥瓜儿、咸菜、杏片、梅子姜、莴苣笋、芥辣瓜旋儿。”在明代《遵生八笺》中，记录有甘露丸，便是用百药煎、甘松、诃子、麝香、薄荷、檀香、甘草末制成。

另外，如甘草蜜枣汤，可补中益气、润肺止咳;绿豆甘草汤，可清热解毒、利湿健脾;甘麦大枣汤，可益气养血、清心安神。但甘草并不适合久服，久服可引起浮肿。

当归：正是归时君未归

本草诗·当归

（清）赵瑾叔

治血当归一物精，去瘀还可令新生。

淋漓弗住头堪主，积滞难消尾为行。

中取有功能补养，全收无处不和平。

去芦酒浸处修治，泄泻相投势欲倾。

当归，是一个极温暖的药名。当归，当归，“应当归来”的意思，正如北宋文学家晁补之所云：“胡麻好种无人种，正是归时君未归。”

三国时，姜维离开魏国，投奔诸葛亮，并随诸葛亮返回成都。姜维母亲尚在冀县，于是母子分离。姜维事母至孝，经常思念母亲。后来姜维母亲给姜维写信，“令求当归”，意思是让姜维回来。姜维内心深处虽然很想回去，但是割舍不下诸葛亮的知遇之恩。既得明主，便展大志，于是姜维回信给母亲说：“良田百顷，不在一亩；但有远志，不在当归也。”信中的“远志”和“当归”都是本草名。

当归名字，据说来自民间的一个盼归故事。古时有一个山村青年，辞别母亲与妻子，上山采药去了，但过了整整三年，还没回来。妻子在等待的忧虑与煎熬中血虚气亏，得了严重的妇科病。婆婆心中不忍，以为儿子不会再回来了，便劝媳妇另嫁他人。

可是没过几天，采药的青年突然回来了，带来许多药草，回到家中不见妻子，急忙询问母亲。得知妻子的消息之后，他心中懊恼万分，前去寻找妻子。两人相见后，抱头痛哭。见妻子形容憔悴，青年心中难过，便把采得的药材全部给了妻子。妻子便把这药草熬了喝，喝了一段时间之后，脸上渐渐有了健康的红晕，她的病好了。

于是，人们便把这副药叫作当归。如果，那青年能早点归来，那么，这深爱着彼此的小夫妻就不会被命运分开。那远走的游子，千万不要遗忘了家中还有一双凝望着的眸子，要早日归来啊。

当归为伞形科当归属多年生草本植物，以根入药。当归味甘、辛、苦，性温，无毒，有补血活血、调经止痛、润肠通便等功能。宋代陈承的《本草别说》云："使气血各有所归。恐当归之名，必因此出也。"当归能使得气血归位，这也是它之所以得名的另一个原因。《本草纲目》记载，当归可"治一切风、一切气，补一切劳，破恶血，养新血，及癥癖，肠胃冷"。因此，当归还可用于心律失常、缺血性中风等。

当归被认为是一种极佳的女性补血药材，《本草纲目》记载："当归调血为女人要药，有思夫之意，故有当归之名。"中医妇科用药几乎"十药九归"，中成药乌鸡白凤丸、四物益母丸、八珍益母丸都有当归。在《红楼梦》第五十一回，晴雯感冒了，鼻塞咳嗽，胡太医诊脉后开了一个药方，宝玉见到这药方上有紫苏、桔梗、荆芥、防风，后面还有枳实、麻黄等，就说："该死，该死！他拿着女孩儿们也像我们一样的治，如何使得？"于是重请大夫重开药方，去掉了枳实、麻黄等药，加上了当归、陈皮、白芍，而且药量也比以前减了。宝玉说："这才是女孩们的药，虽然疏散，也不可太过。"晴雯喝下汤药，果然病情就逐渐好转了。

当归也是药膳中的常客，多用来煲汤，滋味醇厚悠长。传统药膳四物汤，则是以当归、川芎、白芍、熟地黄四味药材为主要原料熬制而成，最早记载于唐代的《仙授理伤续断秘方》，主要用于补血调血，可减缓女性的痛经。清代名医汪昂曾说："四物地芍与归芎，血家百病此方通。"《金匮要略》中记载当归生姜羊肉汤，有补气养血、温中暖肾之用，可治疗产后腹痛、血虚乳少。当归乌鸡汤、归芪鸽肉汤、归参猪心汤等都是不错的当归药膳。

人参：蟠桃花里醉人参

送金可纪归新罗

（唐）章孝标

登唐科第语唐音，望日初生忆故林。鲛室夜眠阴火冷，蜃楼朝泊晓霞深。

风高一叶飞鱼背，潮净三山出海心。想把文章合夷乐，蟠桃花里醉人参。

人参被誉为“百草之王”，在神话中更被认为是神草，有延年益寿、起死回生之功效。

人参是五加科人参属植物，它与三七、西洋参等著名药用植物是近亲。野生人参多生长在长白山的针叶、阔叶混交林里。人参还会开花，而且开的花还很妍丽。每年七八月，人参便开出紫白色的花朵，还会结出鲜红色的浆果，很是可爱。

《神农本草经》认为，人参有“补五脏、安精神、定魂魄、止惊悸、除邪气、明目、开心益智”的功效，“久服轻身延年”。《本草纲目》也对人参极为推崇，认为它能“治男妇一切虚证”。宋代严用和《济生方》中的四磨汤，以人参、槟榔、沉香、天台乌药四味入方，可治疗胸膈胀闷、上气喘急、烦闷不食等。

《中华人民共和国药典》记载人参能大补元气。在古代，人参经常用来“吊命”，也就是用来急救。当患者气若悬丝之时，单用大量人参浓煎，即独参汤服下，可保住一口气，暂时脱离生命危险。

人参当然不止于用来救命，临床上可搭配其他中药运用于各种气血津液不足的疾病。也可以泡茶、浸酒或者用作药膳，作为日常的进补滋养之品；不过身体过于虚弱之人，则不宜食用人参滋补，即古语讲的“虚不受补”。

几千年来，人参都被列为上品，因为人参生在深山老林，数量稀少，采摘艰难，因此十分珍贵。人参形状特异，特别是野生的老山参，往往有人的形状，即所谓有头（根状茎，俗称芦头）、有体（主根）、有肩（根的上部）、有腿（支根）、有须（须根），由此产生了种种神秘感，所谓“人参精”“人参娃娃”，并编撰出了不少故事。

《太平御览》就记载了这么一个故事。隋文帝时，有人在夜里经常听到住宅后面有呼唤之声，但是寻声找去，总也找不到人。最后在距离住宅一里左右的地方，发现了人参苗，于是他“掘之入地五尺”，足足挖了一米多深，才把人参挖出来。这人参头身四肢无不齐备，如一个小人一般。人们把人参挖去之后，住宅后面就再也没有呼唤之声了。原来是那人参汲取天地精华，已然有了灵气，成了人参精。

因为人参名贵，古代经常将之用来作为朋友互赠的礼物。唐代陆龟蒙便收到了朋友送的人参，这人参也有些年岁了，已经成了人形，他便为此作了一首《奉和袭美谢友人惠人参》：“五叶初成椴树阴，紫团峰外即鸡林。名参鬼盖须难见，材似人形不可寻。品第已闻升碧简，携持应合重黄金。殷勤润取相如肺，封禅书成动帝心。”唐代周繇送了一株人参给朋友段成式，也作了一首《以人参遗段成式》：“人形上品传方志，我得真英自紫团。惭非叔子空持药，更请伯言审细看。”清代小说《红楼梦》中，林黛玉体虚多病，于是常年服食人参养荣丸。

因为人参珍稀贵重，所以古代人们还常用“上党人参”，也就是用党参来代替人参。《本草从新》记载，党参“补中，益气，和脾胃，除烦渴”，和人参药性相近；但党参药性相对更为平和，可以治疗的疾病更多。

周翁留饮酒

（宋）陈著

晓对山翁坐破窗，地炉拨火两相忘。
茅柴酒与人情好，萝卜羹和野味长。
外面干戈何日定，前头尺寸逐时量。
而今难说山居稳，飞马穷搜过虎狼。

萝卜：萝卜羹和野味长

萝卜为十字花科萝卜属二年生或一年生草本植物，是我国最古老的蔬菜之一，也是现在日常生活中经常食用的蔬菜。

萝卜不仅营养丰富，还具有药效，是药食同源的植物，素来有“小人参”的美誉。民间有“冬吃萝卜夏吃姜，不劳医生开药方”“萝卜进城，药铺关门”“萝卜上市，医生没事”“萝卜干嘎嘣嘣脆，常吃活到一百岁”之类的谚语流传。萝卜不仅适合冬天吃，春天也一样。在立春这天，民间讲究要买个萝卜来吃，并称之为“咬春”。

传说唐代有一对孤儿寡母，相依为命，谁知儿子十岁时忽得重病，眼看一天天消瘦，最后卧床不起。母亲四处求医问药，都没能治好儿子。这一天，她听闻孙思邈医术高明，于是求医心切，赶紧背着儿子找孙思邈看病。

孙思邈为孩子诊脉之后，认为是孩子太过虚损，于是要其多给孩子吃补养品。母亲无奈说家中实在一贫如洗，根本买不起补品。孙思邈笑道，不用买名贵补品，吃萝卜就行了。母亲辞谢孙思邈后，便每天到地里挖萝卜洗净，蒸熟给儿子吃。不久，儿子的病情果然一日好过一日。过了几个月，儿子竟然红光满面，还健壮了不少。母亲见儿子病愈，于是便领着儿子，挎了一篮子萝卜去酬谢孙思邈。孙思邈见母子二人过来，得知情况后，高兴地指着萝卜说：“这东西俗名‘小人参’，治病胜过仙丹妙药。”自此之后，萝卜又名“小人参”，美誉流传至今。

萝卜性凉，味辛、甘，可消积滞、化痰热、下气贯中、解毒，用于食积胀满、痰咳、吐血、消渴、痢疾、头痛、小便不利等症。《本草纲目》中，李时珍称赞萝卜“可生可熟，可菹可酱，可豉可醋，可糖可腊，可饭，乃蔬中之最有利益者。”萝卜吃法多种多样，既可用于制作菜肴，炒、煮、凉拌等俱佳，又可当作水果生吃，味道鲜美，还可腌制为泡菜、酱菜。经常吃萝卜，可以强身壮体。

自古以来，人们就喜爱萝卜，不仅经常食用，还将之雕花做成餐桌上的艺术品。清代《随园食单》中记载：“用熟猪油炒萝卜，加虾米煨之，以极熟为度。临起加葱花，色如琥珀。”书中还提到一种萝卜雕：“萝卜取肥大者，酱一二日即吃，甜脆可爱。有侯尼能制为鲞，煎片如蝴蝶，长至丈许，连翩不断，亦一奇也。”把萝卜削成一片片羽翼相连的翩然之蝶，可谓巧手了，吃起来当然也更富有审美愉悦了。

萝卜籽又称莱菔子，也是一味常用中药材，具有降气平喘、消食化痰及降血压的功效。萝卜皮含钙质最为丰富。萝卜根须洗净煎汤，具有消肿利尿、宣肺化痰的功效。萝卜缨子可消食理气，煎汤含漱，治咽喉疼痛。

萝卜汁也有妙用。据清代《香祖笔记》记载，北宋时期，著名政治家、文学家王安石患有偏头痛，多年不愈，经常疼痛难忍。有一次，王安石偏头痛发作，没有上早朝。宋神宗便赐了宫廷禁方，让人送给王安石服用。王安石使用之后，“数十年患，二注而愈”。其实，这宫廷禁方就是鲜白萝卜汁加入少许冰片调和而成。若左边偏头痛，就把药液滴入右鼻窍；右边偏头痛，就把药液滴入左鼻窍；若两侧都痛，就左右两侧鼻窍都滴，效果极佳。其实，白萝卜汁滴鼻治偏头痛，源自中医药古籍《本草备要》里的一个古方。

明代《普济方》记载，生萝卜汁与生姜汁各等分同服，含漱咽，可防治失音或声音嘶哑，不少歌唱家利用此方来保护嗓子。民间还用萝卜汁治疗烫伤烧伤。

黄精：黄精无苗山雪盛

乾元中寓居同谷县作歌七首（其一）

（唐）杜甫

长镵（chán）长镵白木柄，我生托子以为命。

黄精无苗山雪盛，短衣数挽不掩胫。

此时与子空归来，男呻女吟四壁静。

呜呼二歌兮歌始放，邻里为我色惆怅。

黄精的幼苗滋味甘美，《救荒本草》记载民间俗称之为“笔管菜”，它的根茎可供药用，入药称“黄精”。

古人很早就开始食用黄精，并称之为“救荒草”“仙人余粮”。晋代葛洪的《抱朴子》称：“黄精甘美易食，凶年可与老少化粮，谓之米铺，亦叫余粮、救穷、就荒草。”《本草纲目》载黄精“补中益气，除风湿，安五脏。久服轻身延年不饥”，并称之为“芝草之精”。

唐代安史之乱时，著名诗人杜甫为了避难，举家迁居到同谷。身逢乱世，为了养活家人，杜甫便上山采食黄精苗充饥度日。

这一日，风雪大作，杜甫依然顶风冒雪地来到山中采食。山谷之中被大雪覆盖，要找到黄精十分困难。杜甫艰难地跋涉着，一看到绿盈盈的黄精苗就喜出望外，赶紧采了下来。此时，正好有一阵冷风袭来，杜甫赶紧扯住难以遮体的短衣。冷风过后，又冷又饿的杜甫对着黄精苗感慨不已，便吟了一首诗："长镵长镵白木柄，我生托子以为命。黄精无苗山雪盛，短衣数挽不掩胫。此时与子空归来，男呻女吟四壁静，呜呼二歌兮歌始放，邻里为我色惆怅。"

杜甫视黄精为救命之粮，有多首诗歌都写到黄精。他在《太平寺泉眼》中写道："三春湿黄精，一食生毛羽。"又在《丈人山》里写道："扫除白发黄精在，君看他时冰雪容。"

关于黄精还有这么一个传说故事。五代宋初徐铉的《稽神录》记载，临川有个士人家的一位婢女，因不堪劳作逃入深山之中。她在深山之中徘徊良久，见到有一种野草枝叶碧绿可爱，于是挖出其根饱餐一顿，只觉滋味甜美，吃完后很久了也不觉得饥饿。

夜里，婢女睡在大树之下，忽然听到草丛中有窸窣之声，以为山中的老虎来了，于是赶紧爬上树。等到下树之时，只觉身轻如燕，如飞鸟一般。她大感惊异，随即明白，是白天吃的那种植物的根茎起了作用。从此，她在山里以其为食，身姿更加轻盈，行动越发敏捷。后来，她被家人发现，她给家人指认那种赖以为生的野草，这才知道，那就是黄精。

黄精为百合科黄精属植物黄精的根茎，味甘，性平，无毒，具有补中益气、润肺生津的功效，可治虚损寒热、体虚少食、筋骨软弱等症。据《本草纲目》记载，黄精"补诸虚，止寒热，填精髓"，又言"黄精宽中益气，使五脏调良，肌肉充盛，骨髓坚强，其力增倍，多年不老，颜色鲜明，发白更黑，齿落更生"。

黄精药食同源，可用于制作黄精粳米粥、黄精党参蒸鸡、黄精炖枸杞等药膳，均有补益功效。

酬崔八早梅有赠兼示之作

（唐）李商隐

知访寒梅过野塘，久留金勒为回肠。
谢郎衣袖初翻雪，荀令熏炉更换香。
何处拂胸资蝶粉，几时涂额藉蜂黄。
维摩一室虽多病，亦要天花作道场。

蜡梅：知访寒梅过野塘

《花镜》载："蜡梅俗称腊梅，一名黄梅，本非梅类，因其与梅同放，其香又近似，色似蜜蜡，且腊月开放，故有其名。"蜡梅俗称腊梅，又名黄梅，为蜡梅科蜡梅属植物，因为蜡梅花颜色如同黄色蜜蜡，又大多在腊月开放，香气又和梅花近似，因而得名。《本草纲目》对此亦有记载："此物本非梅类，因其与梅同时，香又相近，色似蜜蜡，故得此名。"

蜡梅中著名的品种有素心蜡梅，其芯洁白，浓香馥郁。因其花开时不全张开且张口向下，似金钟吊挂，故又名金钟梅。《本草纲目》则介绍了蜡梅的三个主要品种："以子种出不经接者，腊月开小花而香淡，名狗蝇梅；经接而花疏，开时含口者，名磬口梅；花密而香浓，色深黄如紫檀者，名檀香梅，最佳。"

王世懋《学圃余疏》考证，宋哲宗元祐年间，苏轼和黄庭坚因见黄梅似蜜蜡，于是将它命名为蜡梅，说它"香气似梅，类女工捻蜡所成，因谓蜡梅"，由此蜡梅之名传播更广。后来诗人在咏蜡梅的诗中，常着眼于"蜡"字，如"底处娇黄蜡样梅，幽香解向晚寒开""蝶采花成蜡，还将蜡染花"等。

蜡梅被称为寒梅，一到隆冬腊月，蜡梅便独自开放，瘦骨凝霜，笑傲飞雪。《姚氏残语》又称蜡梅为寒客。古代文人多赞蜡梅之风骨，如"天地寂寥山雨歇，几生修得到梅花""雪虐风饕愈凛然，花中气节最高坚""品格天生迥不群，寒梅腊底异香薰"。

宋代范成大的《范村梅谱》中记载："最先开，色深，黄如紫檀，花密香浓，名檀香梅，此品最佳。蜡梅，香极清芳，殆过梅香，初不以形状贵也。"但是蜡梅并不是梅花的一种，蜡梅是蜡梅科蜡梅属，梅花是蔷薇科杏属。蜡梅花期要比梅花早上一两个月，而蜡梅的香气比梅花来得更为甜馥芬芳。宋代诗人戴复古的《蜡梅》诗云："天寒好风日，清香透窗纱。谁知蜜脾底，有此返魂花。"宋代诗人郑刚中的《蜡梅》诗云："缟衣仙子变新装，浅染春前一样黄。不肯皎然争腊雪，只将孤艳付幽香。"

南方岁朝清供之中，多用蜡梅，民国潘宗鼎的《金陵岁时记》在"天竺腊梅"一节记载："金陵人家，岁朝清供，多插天竺、腊梅于瓶，取天腊之义也。每岁花市至果子行街，多售此者，极一时之盛云。"天竺是南天竹，冬天结出小红果。取南天竹和蜡梅作为清供，红果黄花，颜色既鲜亮，气味又芬芳，让冬天一下子生动明亮起来。

蜡梅花味辛、甘、微苦，性凉，有小毒，具有解暑生津、开胃散郁、解毒生肌、顺气止咳等功效，可治暑热烦渴，胸闷，梅核气。《本草纲目》载其"解暑，生津"。蜡梅花药食同源，可"采花炸熟，水浸淘净，油盐调食"；但清雅馥郁的蜡梅用油盐调食不免有些煞风景，古代文人常用其点泡花茶，取其香气而已。清代《养小录》记载腊梅："将开者，微盐挐过，蜜浸，点茶。"即是把将开未开的蜡梅花用很少的盐轻轻抓拌一下，再用蜂蜜浸泡，喝茶时，放几朵在滚水里，便是一杯氤氲着清芬之气的蜡梅花茶了。蜡梅花茶滋味清甜，满口生香，又能解热生津、开胃散郁。如今冲泡蜡梅花茶，还可以放上一点蜂蜜，更增其甜馥。暑天里喝上一杯清芬四溢的蜡梅花茶，可使心情轻松愉悦。

《岭南采药录》记载，以蜡梅花浸茶油，可治烫伤。蜡梅的根、皮，有祛风、清热、解毒、止血的功效，可治疗风寒感冒、风湿性关节炎等症。蜡梅果有毒，俗称土巴豆，是一种泻药，作为中药可以以毒攻毒。